KB123785

로크미디어가
유혹하는
재미있는 세상
ROK MEDIA
로크미디어

무당
패왕
武當霸王

무당패왕 4

2023년 7월 7일 초판 1쇄 인쇄
2023년 7월 12일 초판 1쇄 발행

지은이 윤신현
발행인 강준규

기획 이기헌 왕소현 임동관 박경무 강민구 조익현
책임편집 이정규
마케팅지원 이원선

발행처 (주)로크미디어
출판등록 2003년 3월 24일
주소 서울시 마포구 마포대로 45 일진빌딩 6층
Tel (02)3273-5135 **Fax** (02)3273-5134
홈페이지 rokmedia.com **E-mail** rokmedia@empas.com

값 9,000원

ISBN 979-11-408-1064-2 (4권)
ISBN 979-11-408-1050-5 04810 (세트)

윤신현 신무협 장편소설

4

武當霸王

무당패왕

ROK MEDIA
로크미디어

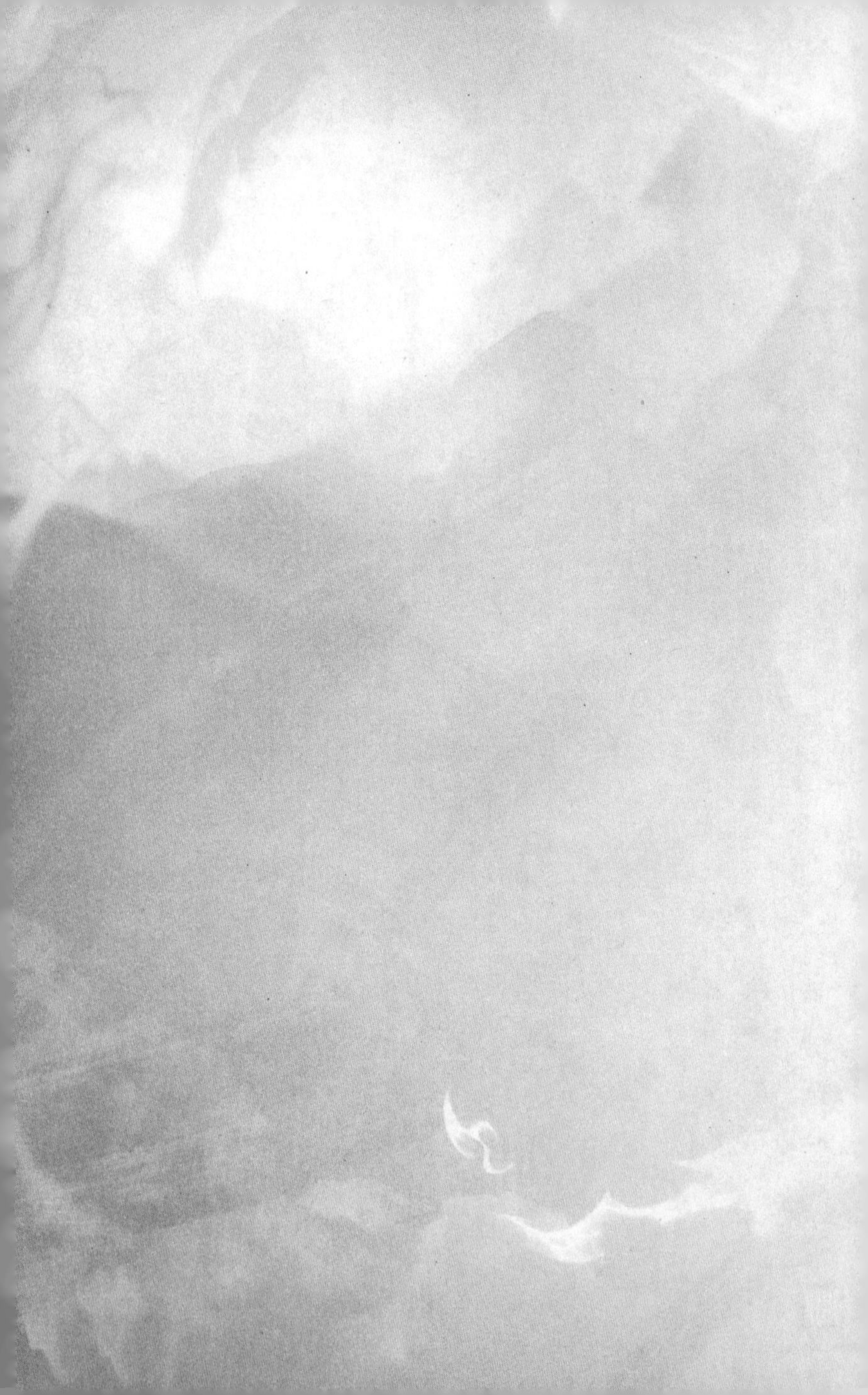

차례

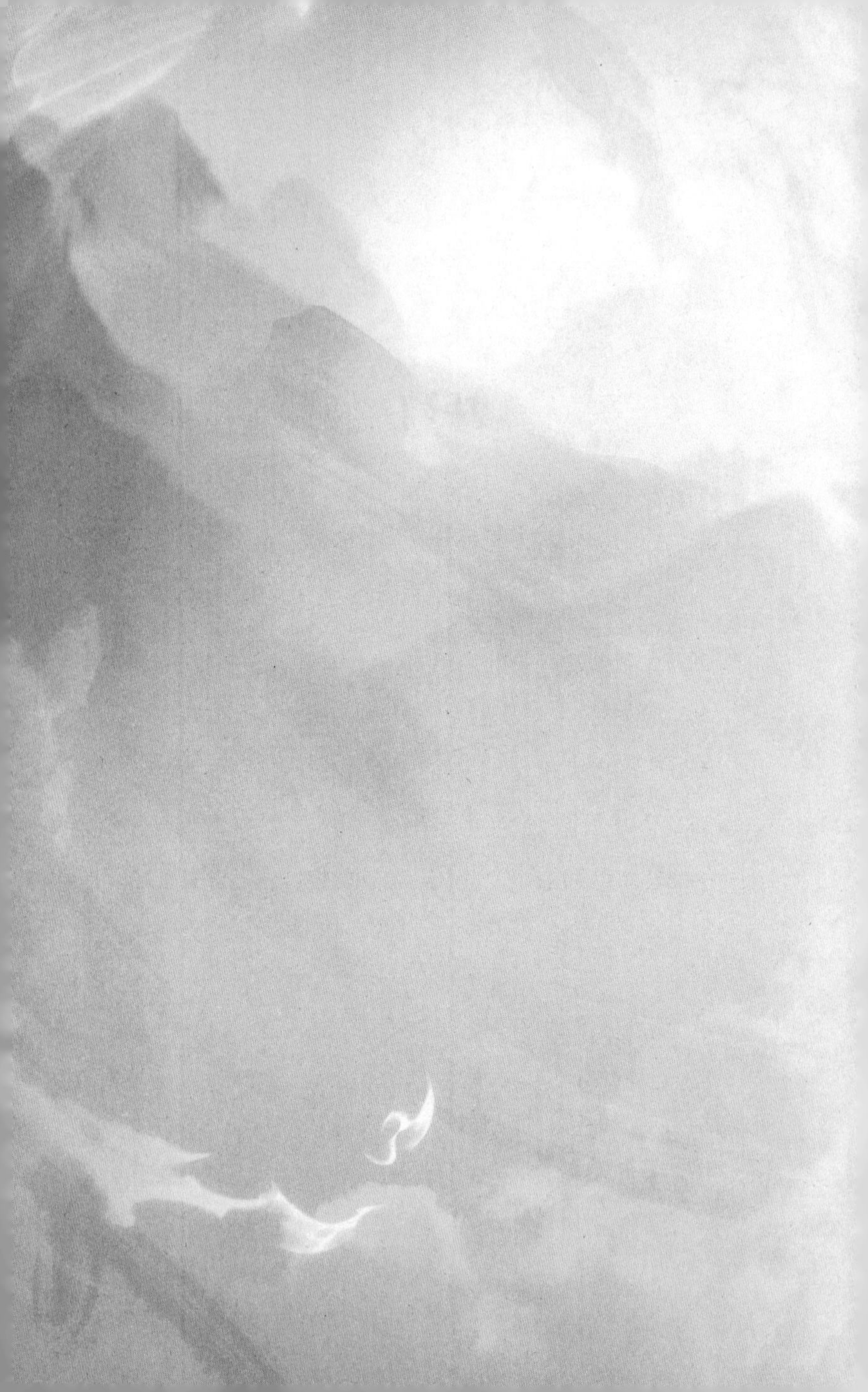

제26장 선전포고

명견이 눈을 반짝였다.

소림사를 뛰어넘는 건 어떻게 보면 무당파의 숙원이었다.

무당파가 탄생한 이래로 지금껏 단 한 번도 이루지 못했기에 더더욱 이루고 싶은.

그런데 이번에는 어쩌면 소림사를 넘어 천하제일문이 될 수 있을지도 몰랐다.

"전 가능하다고 생각합니다. 어르신들께서 밤새워 노력하고 계시니까요. 그래서 좀 걱정이 됩니다. 어제도 밤을 새우셨죠?"

"커험!"

"흠흠!"

유하성의 말에 장일덕과 명견이 헛기침을 하며 슬그머니 고개를 돌렸다.

밤을 새운 게 어제만이 아니어서였다.

"나이를 생각하셔야죠. 어느 날 갑자기 쓰러져도 이상하지 않은 나이시잖아요."

"괜찮아. 내 몸은 내가 잘 알아."

"맞네. 무공 수련을 하는 것도 아니고 연구하고 토론하는 게 전부인데."

"식사도 제때 잘하고 있네."

말이 끝나기 무섭게 변명들이 쏟아졌다.

그러나 유하성은 고개를 저었다.

어떤 마음인지는 알겠지만 그래도 조절을 해야 했다.

의욕만 앞서면 정작 중요한 순간에 퍼질 수가 있었다.

"어르신들의 마음을 모르는 건 아니지만 그래도 무리하는 건 좋지 않습니다. 길게 보셔야지요. 이번 일만 끝내고 쉬실 생각이십니까? 안 됩니다. 무당에는 어르신들의 힘이 필요합니다."

"이미 살 만큼 살기도 했는데."

"더 오래 사셔야죠. 손주들이 무당파의 무공을 익히고, 강호에 이름을 알리는 것은 보셔야 하지 않겠습니까."

"끄응!"

장일덕이 앓는 소리를 냈다.

유일한 그의 약점을 걸고넘어지자 그로서도 변명이 나오지 않았다.

그리고 실제로 욕심이 있기도 했고.

지금 딱 하나 소원이 있다면 증손주를 보고 죽는 것이었다.

"할아버지가 개량하고 발전시킨 무공을 손주와 증손주가 익히면 기분이 정말 좋지 않을까요?"

"……거부할 수 없는 조건을 내거는구나."

"이왕 걸 거면 제대로 걸어야 하지 않겠습니까. 그리고 좀 더 만들고요. 소림사에 칠십이종절예가 있으니 우리도 한 칠십사종절학 정도는 만들어야 하지 않겠습니까."

"호오."

장일덕은 물론이고 모두의 눈동자가 반짝였다.

단순히 무공의 약점을 보완하고 발전시키는 걸 넘어 새로운 무공을 창안하겠다고 하자 가슴이 불끈거렸다.

묘한 열정이 피어올랐던 것이다.

"무당파의 모든 무공이 태극권에서 나온 거, 알고 계시죠? 그러니 다른 무공도 마찬가지입니다. 원본에서 개량시키고, 거기서 새로운 무공을 파생시키는 겁니다."

"가능할까?"

"시도해 볼 가치는 있지 않겠습니까?"

"그렇지. 시도해 볼 가치는 충분하지. 아무것도 하지 않으면 아무것도 변하지 않지만 시도하는 순간 가능성은 무궁무진하니까. 게다가 우리에게는 너도 있고."

"맞습니다. 저도 함께할 겁니다."

"오래 살아야겠군."

명견이 실소를 흘렸다.

하나의 무공을 만든다는 건 결코 쉬운 일이 아니었다.

일대종사의 수준이 아닌 이상 불가능하다고 봐야 했다.

하지만 그들에게는 유하성이 있었다.

"일단 소소하게 각자 하나씩만 만들자고. 우리들만 있었다면 불가능했겠지만 다행히 하성이가 있으니."

"할 일을 하나씩 하다 보면 언젠가는 완성하지 않겠습니까?"

"맞네. 내가 하고 싶었던 말이 바로 그것일세."

성격은 정반대인데 의외로 장일덕과 명견은 죽이 척척 맞았다.

그리고 다른 이들과의 관계도 더없이 원만했다.

다들 가슴에 하나씩 상처가 있어서 그런지 묘한 동질감을 느끼는 모양이었다.

그러나 절대 선을 넘지는 않았다.

"저에게 너무 기대하지는 않으셨으면 좋겠습니다. 부담스럽습니다."

"부담은 무슨. 우리를 모아 놓았으면 당연히 책임을 져야 하지 않겠어?"

"그건 그렇습니다만."

"면장을 복원한 사람이 왜 약한 소리를 해. 칠십사종절학을 만들겠다고 선전포고한 사람이."

"으음!"

되로 주고 말로 받은 듯한 느낌에 유하성이 침음을 흘렸다.

그러나 여기까지 와서 물러날 수는 없었다.

"너무 걱정하지 말게."

"우리가 있잖은가?"

"함께하다 보면 어찌 됐든 결과가 나올 걸세."

어르고 달래는 말에 유하성은 피식 웃었다.

근데 몇 마디 말뿐인데도 이상하게 든든했다.

"요즘에는 합격진을 연구한다고 들었습니다."

"그렇다네. 무당파의 합격진이라고 해 봤자 삼재진과 태극검진밖에 없지 않나. 물론 개개인의 무위가 강하다면 합격진은 필요가 없겠지만 무당파의 모든 제자가 강한 건 아니지 않나. 단지 고수가 많은 것뿐이지. 그리고 고수가 힘을 합친다면, 합격진을 펼친다면 더 강력한 힘을 발휘하지 않겠나?"

"그렇죠."

"그래서 태극권을 기본으로 삼아서 시도해 보는 중일세. 우선은 가장 작은 합격진은 둘이서 협공하는 것일세. 일단 태극진이라고 임시로 이름을 지었네."

명견이 커다란 종이를 펼쳤다.

그러고는 지금까지 연구하고 간단하게나마 실험한 것들을 빠르게 그리며 설명하기 시작했다.

대부분이 주화입마로 인해 내공을 사용할 수 없는 몸이었지만 그렇지 않은 이들도 있었다.

게다가 기본 얼개만 잡는 정도였기에 수준 높은 내공운용이 필요하지 않았다.

"제일 작은 단위가 두 명이기는 하죠."

"맞네. 그리고 세 명일 때는 삼태극, 그리고 네 명이면 쌍태극을 이루는 식일세."

"호오."

유하성이 흥미로운 표정을 지었다.

일단 시도 자체는 좋았다.

무당파의 제자 중에 태극권을 모르는 이가 없는 만큼 접근성은 확실히 뛰어났다.

게다가 뭉치고 흩어지는 식으로 얼마든지 변환이 가능했다.

"홀수일 때는 삼태극을 이루고 짝수일 때는 태극을 맞추는 거지. 이렇게 뭉치고 뭉쳐서 합격진의 규모가 커지는 거고. 백팔나한진도 십팔나한진 여섯 개가 합쳐져서 이루는 거지 않나."

"맞습니다."

"거기서 영감을 받았네. 더욱이 태극권은 진산제자, 속가 제자 상관없이 모두가 알고 있기도 하고. 기본 틀은 이렇고 여기서 더 나아가 다양한 이들이 합격진을 이루어도 문제가 생기지 않게 만드는 게 최종 목표일세."

"검, 도, 권장지각을 펼치는 이들이 뒤섞여도 문제가 없게 만든다는 뜻이죠?"

"정확하네."

명견이 흡족한 미소를 지었다.

역시나 단박에 이해해서였다.

"기본형은 쉽겠는데, 발전형은 시간이 좀 걸릴 것 같네요."

"그래도 기본형이 쉬운 게 어디인가. 최종 형태는 당연히 수많은 시행착오를 겪어야 할 테고. 그래도 시작할 수 있다는 데 의의를 두고 있네. 우리가 직접 펼치는 건 힘들지만 최소한의 인원은 있으니까."

유하성이 고개를 주억거렸다.

연구동의 인원은 대부분이 몸이 망가지기도 했을뿐더러 다들 나이가 많았다.

그렇기에 직접 펼치는 건 불가능이었다.

하지만 함께 수련하는 제자들의 도움을 받는다면 직접적으로 실험하는 게 가능했다.

'일단 나도 있고.'

태극권에 대해 누구보다 빠삭한 이가 바로 그였다.

게다가 유하성은 면장과 십단금도 익히고 있는 만큼 실험할 수 있는 폭이 훨씬 더 넓었다.

현재 무당파에서 십단금과 면장을 제대로 익힌 사람은 유하성이 유일했으니까.

"우선 할 수 있는 것부터 할 생각이네. 일단 태극을 완성해야 삼태극진도, 쌍태극진도 가능할 테니."

"저도 돕겠습니다. 그러니 오늘부터 밤새우는 건 그만하셨으면 합니다."

유하성이 단호하게 말했다.

연구도 중요했지만 그게 목숨보다 더 중요하지는 않았다.

이들의 목숨을 갈아 넣어서 성과를 낼 생각도 없었고.

"알겠네."

"좀 쉴 때가 되기는 했지. 그동안 너무 불태운 것도 사실이니까."

"근데 좀 걱정이 되는구먼. 우리에게 시간이 그리 많지 않은데."

"연구동은 앞으로도 계속 유지할 계획입니다. 적어도 제가 있는 한은요. 적당한 때에 인원을 충원할 생각이니 그 부분에 대해서는 걱정하지 않아도 됩니다."

유하성이 걱정하지 말라는 듯이 말을 이었으나 다들 표정이 어두웠다.

충원은 분명 필요한 일이었으나 그건 달리 말하면 그들과 같은 이들이 더 있거나 생길 수도 있다는 뜻이어서였다.

"우리가 만든 책이 도움이 되어야 할 텐데."

"일단 할 수 있는 건 다 하지 않았나. 서고에도 넉넉히 가져다 놓았으니 이제는 하늘에 맡겨야지."

"부디 모두에게 도움이 되어야 할 텐데."

만들었으나 책을 볼지 안 볼지는 개개인의 선택이었다.

일단 풀 수 있는 만큼 최대한 풀었으나 모두가 봤을 가능성은 희박했다.

어쩌면 실패자들이 만든 책이라며 찢어 버렸을 수도 있었다.

"원본은 있죠?"

"당연히 있네. 사본도 틈나는 대로 만드는 중이고. 주화입마는 진산제자에게만 찾아오는 게 아니니까."

"아."

유하성이 고개를 주억거렸다.

중원 전역에 흩어져 있는 속가제자들에게도 하나씩 쥐여 주려면 부지런히 만들어야 했다.

중간중간 새로운 사례가 있으면 추가하고 말이다.

"우리가 괜히 밤을 새우는 게 아냐. 일이 산더미라고. 심지어 언제 끝날지 모르는 일이기도 하고."

"그래서 제가 어르신들께 늘 감사하고 있습니다. 저뿐만 아니라 명천 사백께서도요."

몇몇은 사백이라 부르는 게 맞지만 다들 하나같이 사백이라는 호칭을 거절했다.

유하성에게 그런 말을 들을 자격이 없다면서 말이다.

한사코 거절하는 그 모습에 유하성은 어르신으로 타협을 볼 수밖에 없었다.

몇몇은 사백인지 사숙인지 시기가 애매하기도 했고 말이다.

"험험! 내가 생색을 내려고 한 건 아냐. 알아주길 바라는 것도 아니고. 이건 우리가 좋아서 하는 일이니까."

"그래도 고생하시는 건 사실이니까요."

"낯간지러우니까 그만해."

장일덕이 손을 휘휘 저었다.

많이 편해지긴 했지만 아직 이런 칭찬은 거북스러웠다.

유하성은 물론이고 검선이라 불리는 이에게 감사하다는 말을 들을 정도의 일도 아니라고 생각했고.

"알겠습니다. 그러니 어르신들도 휴식 시간은 지켜 주십시오."

"알았어. 잔소리도 그만해."

"허허허."

툴툴대듯 말하는 장일덕의 모습에 모두가 웃음을 터트렸다.

그리고 유하성도 더는 말하지 않았다.

이 정도면 충분하다고 생각해서였다.

만약 또 밤을 새우는 것 같으면 그땐 직접 찾아와서 말리면 될 일이었다.

또르륵.

생각지도 못한 방문자에 유하성이 당혹감을 감추며 차를 따랐다.

그러자 홀로 유하성을 찾아온 제갈령령이 속을 알 수 없는 미소를 지었다.

"지금 많이 놀라셨죠? 제가 갑자기 찾아와서."

"예."

"역시 솔직하시네요. 보통은 빈말이라도 아니라고 하는데."

"시간 낭비이지 않습니까. 그리고 제가 많이 배운 사람이 아니라서."

"지식이 많은 게 중요한가요. 사람이 중요하지."

제갈령령이 씨익 웃으며 말했다.

인사가 만사라는 말처럼 가장 중요한 건 사람이었다.

그리고 똑똑하다고 해서 다 현명한 건 아니었다.

또한 능력도 중요하지만 인성도 그 못지않게 중요했다.

"그렇긴 합니다."

"사람은 쉽게 바뀌지 않으니까요."

"무슨 일로 절 찾아오신 겁니까?"

찻잔을 들어 올리며 유하성이 단도직입적으로 물었다.

안면은 있으나 그렇다고 친분이 있는 사이는 아니었다.

딱 얼굴만 아는 사이.

그게 제갈령령과의 사이였다.

"유 공자님에 대해서 알고 싶어서요."

"저에 대해서요?"

유하성의 눈동자에 의문이 짙게 떠올랐다.

예기치 못한 방문에 이은 예상치 못한 답변이었다.

그래서인지 무표정한 유하성의 얼굴에 균열이 일어났다.

"네. 혹시 제가 희수나 서문 소저보다 예쁘지 않아서 싫으신가요?"

제갈령령이 한 걸음 더 나아갔다.

짓궂은 표정을 지으며 유하성이 그랬던 것처럼 단도직입적으로 물었던 것이다.

"예?"

유하성이 당황한 표정을 지었다.

이런 주제로 넘어갈 줄은 꿈에도 상상하지 못해서였다.

그런 유하성의 반응에 제갈령령이 손으로 입을 가리고서

킥킥 웃었다.

"진짜 놀라셨나 보네요. 유 공자님께서 그런 표정을 지으시는 걸 보면."

"……이런 농담은 좋아하지 않습니다만."

표정을 가다듬은 유하성이 정색하며 말했다.

안면이 있기는 하나 그렇다고 농담을 주고받을 정도의 사이는 절대 아니었다.

그걸 유하성은 꼬집어서 말했다.

"저는 농담한 거 아닌데요? 말씀드렸잖아요. 유 공자님께 관심이 있다고. 명문세가의 여식에게 주어진 운명에 대해서 유 공자님도 알고 계실 거라 생각해요."

"확실하게 말해 주시죠."

"대개 명문세가의 여식들은 정략결혼을 하죠."

"아아."

유하성이 고개를 주억거렸다.

하지만 납득한 표정은 아니었다.

"그건 저라고 해서 벗어날 수 없어요. 희수도 그렇고, 서문 소저도 마찬가지죠. 누군가는 가문을 위해 팔려 간다고 말하지만 저는 생각이 달라요. 방식이 다를 뿐 오라버니도 가문을 위해 희생하는 부분이 있어요. 소가주가 원하는 여인과 결혼하는 경우는 극히 드물죠."

"그렇다고 들었습니다."

"그래서 저는 이렇게 생각했어요. 그럼 가문에 도움이 되는 존재를 내가 선택하면 되지 않을까? 가주께서 인정할 정도의 인물을 데려온다면 적어도 팔리는 기분으로 혼례를 올리는 것만은 피할 수 있지 않을까 하고요."

"한마디로 그 대상이 저다?"

"예."

제갈령령이 싱긋 웃었다.

원래도 유망한 후기지수였지만 어제 무룡과의 비무로 모두가 알았다.

이춘상의 말대로 유하성은 구룡과 격이 다르다는 걸 말이다.

물론 배분은 차이가 난다고 하지만 결국 무인에게 있어 중요한 건 실력이었다.

"그렇게 생각하실 수도 있겠죠. 하지만 중요한 건 제 의사이지 않겠습니까."

"맞아요. 저는 유 공자님을 좋게 생각하지만, 유 공자님의 생각은 다를 수가 있으니까요. 사실 이번이 두 번째로 보는 것이기도 하니까 당연히 유 공자님 입장에서는 당혹스러우실 거라고 생각해요."

"그런 것치고는 상당히 저돌적이신 거 아닙니까?"

"좋은 물건이라는 걸 뻔히 아는데 지켜보기만 하다가 다른 사람이 사 가는 것보다는 먼저 움직이는 게 낫다고 생각해서요. 물론 이게 여자로서 큰 결심을 한 거란 건 알고 계시죠?"

제갈령령의 입가에 장난스러운 미소가 맺혔다.

그러나 유하성은 알았다.

겉으로는 여유로운 척해도 제갈령령이 꽤나 긴장했다는 사실을 말이다.

표정은 숨길 수 있으나 심장 소리는 숨길 수 없었다.

'이제 스무 살이었었나.'

유하성이 새삼스러운 눈으로 앞에 앉은 제갈령령을 바라봤다.

짐짓 당돌한 척 연기하고 있지만 그녀의 심장은 거짓말을 하지 못했다.

그리고 연륜이 쌓이기에 스무 살이란 나이는 아직 어렸다.

"사실 지금 많이 떨리긴 해요. 제 입으로 이런 말을 할 줄은 몰랐거든요."

들켰다는 걸 여자의 직감으로 알아차린 걸까.

제갈령령이 귀엽게 혀를 쏙 내밀었다.

더불어 무표정한 유하성의 얼굴이 그녀를 더욱 긴장하게 만들었다.

"그렇게 따지면 저도 당황한 건 마찬가지입니다. 제갈 소저에게 이런 말을 들을 줄은 몰랐으니까요."

"그래서 별로인가요?"

제갈령령이 직접적으로 물었다.

만약 여기서 싫다고 하면 반은 포기할 생각이었다.

여자의 자존심을 살짝 내려놓고 먼저 찾아왔지만 그렇다고 매달릴 생각까지는 없었다.

인연이라는 게 한 사람의 노력으로 맺어지기도 하지만 반대로 일방적인 노력만으로는 이루어지지 않았다.

"정확하게 말씀드리면, 모르겠습니다. 이런 문제에 대해서 생각해 본 적이 없어서요."

"다행이네요. 만약 싫다고 하셨으면 제 자존심이 바닥까지 떨어졌을 거예요."

"빈말이라고는 생각 안 하십니까?"

"사람 마음을 가지고 노는 분이라고는 생각하지 않거든요. 저도 나름 사람을 잘 보는 편이기도 하고요."

제갈령령이 자신만만하게 웃으며 섬섬옥수와도 같은 손가락으로 자신의 눈을 가리켰다.

그 모습에 유하성이 실소를 흘렸다.

"일단 큰 결심을 하셨다는 건 알겠습니다."

"준비도 했어요."

"준비요?"

"네. 무작정 저 어떠냐고 매달리는, 가문만 믿고 밀어붙이는 건 제 성격에 안 맞거든요. 그래서 제가 가지고 있는 가치에 대해서 말씀드리고자 해요. 여자에게 있어 가장 큰 무기는 미모이지만 냉정하게 말해 저는 무림삼화와 비교하면 떨어지는 게 사실이니까요."

제갈령령은 스스로의 위치를 정확하게 파악하고 있었다.

하지만 그렇다고 해서 제갈령령의 미모가 아주 떨어지는 건 아니었다.

그녀도 충분히 미녀라고 불리기에 부족함이 없었다.

다만 상대가 무림삼화이기에 부족해 보일 뿐이었다.

"가치라."

"솔직히 말해 우리가 서로 눈에서 불꽃이 튄 사이는 아니잖아요?"

"그렇지요."

"그래서 설명해 드리려고요. 일단 첫 번째로 저는 제갈세가의 여식이에요. 오대세가에 속한 가문의 직계혈족이죠. 가문의 후광을 내세우는 것 같지만 그렇다고 가지고 있는 패를 활용하지 않는 건 어리석은 짓이죠. 그리고 두 번째로 연구동을 만드신 이유에 대해서 들었어요. 이 부분에 대해서 저와 본 가가 유 공자님께 분명히 도움이 될 수 있을 거라고 생각해요. 다른 오대세가와 달리, 아니 그 어떤 명문세가보다 무공과 체질에 대해 연구하는 가문이 본 가이니까요."

유하성이 솔깃한 표정을 지었다.

확실히 제갈세가는 무가이지만 학자들이 많기로 유명한 가문이기도 했다.

거기다 기관진식에도 해박하고 의술도 알려지지 않아서 그렇지 상당히 뛰어났다.

"좋은 말씀이십니다. 하지만 거기에는 한 가지 문제점이 있습니다."

"무공 유출을 말씀하시는 거죠?"

"그렇습니다."

똑똑한 여인답게 제갈령령은 단박에 유하성이 말하고자 하는 바를 알아차렸다.

아니, 정확하게는 미리 예상하고 있었다는 표정이었다.

"그 문제는 본 가도 마찬가지예요. 무당파의 무공들이 뛰어난 건 알고 있지만 본 가의 무공 역시 강호일절이라 부르기에 모자람이 없다고 생각해요. 하지만 서로 조심하면 유출 부분은 걱정할 필요가 없다고 생각해요. 꼭 모든 걸 공개해야만 연구를 할 수 있는 건 아니니까요. 저도 만약 유 공자님과 맺어지게 되더라도 제갈세가의 무공을 밝힐 생각은 없고요. 마지막으로 저는 유 공자님께 다양한 지원을 해 드릴 수 있어요."

제갈령령이 자신만만하게 말했다.

그러나 그 이상 말하지는 않았다.

처음부터 모든 패를 깔 필요는 없어서였다.

"다양한 지원이라."

"조금만 말씀드리자면 본 가에는 수집한 무공서들이 꽤 많아요."

유하성이 재미있다는 표정을 지었다.

제갈세가의 무공은 공개할 수 없지만 다른 무공들은 가능하다는 뜻이었다.

물론 대부분이 이미 연구가 끝났거나 하고 있는 중이겠지만 중요한 건 유하성에게도 분명히 도움이 될 거라는 사실이었다.

"아, 한 가지를 더 추가하자면 저는 첩도 이해할 수 있어요. 정실 자리만 확실하게 인정해 주신다면요."

"저를 너무 높게 평가하는 것 같습니다."

유하성이 자기도 모르게 헛웃음을 흘렸다.

그 정도로 마지막 조건은 충격적이었다.

아무리 첩을 두는 게 흠이 아니라고 하지만 이렇게 면전에서 용인할 줄은 몰라서였다.

"저는 유 공자님이 그만한 가치가 있다고 생각하거든요. 사실 작년에는 대단하기는 해도 이 정도로 생각하지는 않았어요. 그런데 어제 있었던 일을 보고 확신했어요. 앞으로 더 강해질 거라고. 어쩌면 미래의 천하십대고수가 될지도 모른다고요. 그런 고수를 제갈세가와 깊은 연으로 묶을 수 있는데 망설일 이유는 없겠죠?"

"정체되거나 퇴보할 수도 있습니다만."

"그럴 수도 있겠죠. 하지만 그건 제가 받아들여야 하는 문제지 유 공자님께서 신경 쓸 부분은 아니죠. 그리고 지금까지 보여 주신 모습을 보면 유 공자님은 어떻게든 방법을 찾아내실 분이시고요."

제갈령령이 확신 어린 눈빛으로 유하성을 직시했다.

이제는 그의 선택만 남았다는 듯이 말이다.

당돌하지만 이성적인 그녀의 제안에 유하성은 아주 조금 흔들렸다.

여인이 이렇게 적극적으로 들이대는 게 처음이기도 했지만 제갈령령이 내민 조건도 그를 솔깃하게 만들었다.

"흐음."

하지만 딱 거기까지였다.

솔깃하긴 하나 받아들여야겠다는 생각은 들지 않았다.

"소림사, 뛰어넘고 싶지 않나요? 본 가도 마찬가지예요. 오대세가 중 한 곳이 아닌 천하제일가를 목표로 하고 있어요. 그런 점에서 우린 서로에게 도움이 될 거 같은데, 어떠세요?"

똑똑똑.

제갈령령이 의미심장한 표정으로 말을 이을 때 누군가가 찾아왔다.

절묘한 순간에 불청객이 찾아왔던 것이다.

그래서인지 제갈령령이 당혹스러운 표정을 지었다.

"안녕하세요, 유 공자님. 들어가도 될까요?"

"들어오시죠."

문 너머에서 들리는 익숙한 목소리에 제갈령령이 당황한 표정을 지었다.

전혀 예상치 못한 이의 등장에 정말 놀란 것이었다.

이윽고 문이 열리며 두 여인이 모습을 드러냈다.

바로 남궁희수와 황주연이 유하성의 처소를 찾았던 것이다.

"역시 이곳에 있었네, 언니."

"네가 여기엔 어쩐 일이야?"

제갈령령이 진심으로 놀란 표정을 지었다.

그 정도로 남궁희수의 등장은 뜻밖이었다.

황주연이야 숙소가 이 근처에 있기에 오는 게 이상하지 않았지만 남궁희수는 아니었다.

게다가 둘의 사이도 안면은 있지만 그리 가까운 사이는 아니었다.

"왜 그렇게 놀라? 내가 못 올 곳에 온 건 아니잖아?"

"그건 그런데 의외라서 그러지. 두 사람이 따로 볼 정도로 가까운 사이는 아니잖아?"

"난 언니가 유 공자님과 독대하고 있다는 사실이 놀라운데."

남궁희수가 받아쳤다.

의미심장한 눈빛으로 제갈령령을 똑바로 쳐다봤던 것이

다.

그러나 제갈령령은 그녀의 눈빛에도 시선을 돌리지 않았다.

"앉아도 될까요?"

"물론이죠."

묘한 신경전을 펼치는 두 사람과 달리 황주연은 담담했다.

두 여인이야 유하성과 친분이 거의 없다시피 했지만 그녀는 달랐다.

부친 덕분에 유하성이 세상에 알려지기 전부터 만났었기에 둘과는 다르게 편하게 대했다.

유하성 역시 마찬가지였고.

"우리도 일단 앉자고."

"그래."

자연스럽게 유하성을 대하는 황주연의 모습에 남궁희수가 입을 열었다.

둘이서 서로를 견제해 봤자 좋을 게 없어서였다.

그러는 사이 유하성은 깨끗하게 씻어서 잘 말려 둔 투박한 찻잔 두 개를 새로 가져와 황주연과 남궁희수의 앞에 놓았다.

"혼자 오신 겁니까?"

"장주님과 남동생이랑 같이 왔어요. 장주님은 숙소에서 업무를 보고 계시고, 주성이는 이 소협을 따라갔어요. 수련

에 재미가 들린 모양이에요."

"춘상이도 왔습니까?"

"예. 더는 볼 게 없다고 하더라고요. 근데 제가 보기에는 귀찮은 기색이었어요."

유하성은 고개를 끄덕였다.

자신에 견줄 만한 이가 없어 게을러진 게 이춘상이었다.

그러니 제아무리 구룡이 있어도 시시했을 터였다.

만약 그와 같은 고수가 갑자기 땅에서 솟아난 것처럼 나타나면 모르겠지만 그런 경우는 극히 드물었다.

"저는 대피하러 왔어요. 언니도 찾을 겸."

유하성의 시선이 자신에게로 움직이자 남궁희수가 옅게 웃으며 말했다.

그런데 그 모습에 제갈령령이 속으로 코웃음을 쳤다.

같은 여자가 봤을 때 끼 부리는 미소였기 때문이다.

황주연 역시 그걸 알아차렸는지 묘한 표정을 지었다.

"대피하러 말입니까?"

"네. 인사는 어제 다 했고, 저는 비무에는 크게 관심이 없거든요. 오빠와 달리 재능이 출중한 편도 아니고."

"그것만으로는 이유가 너무 빈약한데?"

제갈령령이 툭 치고 들어왔다.

대피하러 왔다거나 자신을 찾으러 왔다는 말은 아무리 따져 봐도 이유로는 부족해서였다.

"개인적으로 차를 한잔 얻어 마시고 싶었어요."

'허!'

한마디로 관심 있다는 표현을 돌려 말한 것이었기에 제갈령령이 속으로 헛웃음을 흘렸다.

동시에 제갈령령은 남궁세가의 뜻도 알 수 있었다.

남궁세가의 여식이자 무림삼화의 일인인 남궁희수는 좋아하는 사람이 생겼다고 해서 아무나 만날 수 있는 신분이 아니었다.

그런데도 이렇게 말한다면 이미 남궁수와 말이 끝났다는 뜻이었다.

'남궁세가에서 이렇게 나온다는 말이지.'

선수를 친다고 했는데 생각보다 그 차이가 그리 크지는 않은 모양이었다.

여인으로서의 자존심도 내려 두고 먼저 찾아왔는데 말이다.

무림삼화의 일인인 소화 남궁희수도 자신과 마찬가지로 자존심을 내려놓고 유하성을 찾아오자 제갈령령은 위기감을 느꼈다.

단순히 조건만 따지자면 그녀보다 남궁희수가 훨씬 좋았으니까.

'역시 쉽지는 않은 건가.'

제갈령령이 아랫입술을 깨물었다.

이미 많은 여인들에게 주목을 받는 이가 유하성이었다.

구룡을 뛰어넘은 후기지수, 거기다 무당파의 속가제자이며 당대 면장의 계승자.

진산제자였다면 혼인이 불가능했겠지만 유하성은 속가제자였다.

'무당파가 아니었다면 야밤에 알몸으로 달려드는 여자들도 있었겠지.'

단순무식하며 저급하기 짝이 없는 육탄돌격이었으나 의외로 이건 먹히는 방법이었다.

남자치고 여자를 마다하는 이는 없었으니까.

괜히 영웅호색이라는 말이 있는 게 아니었다.

'흐음. 상황이 재미있게 흘러가네.'

한편 황주연은 제삼자의 입장으로 제갈령령과 남궁희수의 신경전을 구경하고 있었다.

그러나 계속 관전만 할 생각은 없었다.

남궁희수와 제갈령령이 유하성을 높게 평가하는 것처럼 그녀 역시 마찬가지였다.

'유 공자님이 정말 좋은 상대이기는 하지.'

황주연이라고 정략결혼을 피할 수 있는 건 아니었다.

오히려 누구보다 많이 팔려 가는 언니들을 봐 온 게 그녀였다.

그래서 어느 정도 나이를 먹었을 때부터 각오하고 있었다.

언젠가는 자신도 금와장을 위해서 정략결혼을 할 수 있다고 말이다.

'일단 우리는 꼭 결혼만 있는 건 아니니까.'

황주연은 알고 있었다.

부친이 유하성과 자신이 맺어지길 바란다는 걸 말이다.

티를 내지는 않았지만 본능적으로 느끼는 게 있었다.

다만 혼인밖에 없는 제갈령령과 남궁희수와 달리 그녀와 금와장은 다른 방법도 있었다.

'주성이가 제자가 된다면 정략결혼 못지않은 끈끈한 관계가 된다.'

유하성의 배분은 제자가 있어도 전혀 이상하지 않았다.

나이가 젊어서 그렇지 원래는 제자가 있어도 진즉에 있었어야 했다.

그렇기에 정략결혼이 실패한다면 황주성이 제자가 되는 것도 한 가지 방법이었다.

물론 그녀까지 맺어진다면 금상첨화였고.

'문제는 유 공자님의 마음인가.'

황주연이 조용히 차를 들이켜고 있는 유하성을 지그시 바라봤다.

자신을 향한 관심을 유하성이 모를 리 없었다.

산에서 오래 수련한 사람치고는 유하성은 은근히 눈치가 빨랐다.

그러니 지금은 알면서도 모른 체한다고 봐야 했다.
후르릅.
정확히 말하면 여자에 관심이 없기도 했고.
무당산에서 하산하고 일 년 정도 강호유람을 했지만 유하성에 대한 추문은 단 하나도 없었다.
심지어 황만덕이 준 패도 전혀 사용하지 않았다.
'아니면 지금의 상황이 당황스러운 것일까나.'
황주연은 모든 가능성을 열어 두었다.
그리고 궁금했다.
먼저 온 제갈령령이 유하성과 어떤 대화를 나누었는지 말이다.
'일단 확실한 건 경쟁자들이 만만치 않다는 건가.'
지금은 둘뿐이지만 앞으로는 달라질 터였다.
어제 무룡 범구를 제압하고 계현 대사까지 쓰러뜨렸을 때 유하성에게 향한 여인들의 시선을 황주연은 봤다.
그러니 경쟁은 더 심해진다고 봐야 했다.
'하지만 조건은 나도 꿀리지 않아.'
외모에서는 꿀릴지언정 다른 조건에서는 전혀 밀리지 않는다고 생각했다.
그렇기에 황주연은 눈을 빛냈다.

초승달마저 구름에 가려진 야심한 밤에 무당산을 가로지르는 인영이 있었다.

밤공기를 가르며 거침없이 나아가던 하나의 인영이 갑자기 멈춰 섰다.

"이 시간에 두 분께서 같이 계실 줄은 몰랐습니다."

"흘흘! 지금 말고는 이 말코가 편히 곡차를 마실 수 있는 시간이 없거든."

"무슨 소리야? 내가 언제 곡차를 마셨다고 그래?"

발걸음을 멈춘 남궁수가 위를 올려다봤다.

그러자 오 장은 훌쩍 넘을 법한 나뭇가지 위에 편안히 앉아 있는 명천과 취선이 보였다.

"예전에는 나랑 한 잔씩 했잖아?"

"그거야 예전이고. 술 끊은 지 오래야. 앞으로 적어도 이십 년은 더 살아야 하거든."

"적당히 살다 가야지 왜 백 세를 채우려고 해? 그것도 다 욕심이야."

"나를 위해서가 아니라 무당을 위해서거든."

마치 오누이처럼 티격태격하는 두 사람의 모습에 남궁수는 여전하다는 생각이 들었다.

나이를 먹으면 오히려 애가 된다는 말이 십분 이해된다고

나 할까.

대화하는 모습만 보면 누구도 저기 있는 두 명이 일성이선 삼제사존 중 쌍선이라고 생각하지 못할 것이었다.

"다들 말은 그렇게 번지르르하게 하지."

"내 바람이라는 거지 꼭 그렇게 살고 싶다는 건 아니다. 하늘이 부르면 당연히 가야지. 근데 한 가지 확실한 건 자네보다는 내가 조금 더 살 거 같아."

"무슨 소리. 오히려 하고 싶은 걸 하면서 살아야 더 오래 사는 법이야. 근심 걱정 다 끌어안고 있으면 마음에 병이 생기지. 그게 화를 부르는 법이고."

"말은."

입심 하나는 기똥찬 취선의 말에 명천이 고개를 저었다.

누가 거지 아니랄까 봐 입씨름으로는 이길 수가 없었다.

"그나저나 이 야심한 밤에 그대는 어딜 가는 것인고?"

"아시지 않습니까?"

"흐음. 꼭 이 야밤에 찾아가야 하나?"

취선이 호리병을 들이켰다.

값싼 백주가 가득 차 있던 호리병이 어느새 반 이상 줄어 있었다.

"낮에는 아무래도 보는 사람이 많지 않습니까."

"그러니 비밀리에 만나려면 지금밖에 없다?"

"우리의 만남이 알려져서 좋을 게 없거든요."

"흐음. 왜 알려지면 안 좋을까?"

여전히 호리병에 입을 댄 채로 취선이 한쪽 눈을 꿈틀거렸다.

묻는 어조였으나 표정과 눈빛은 남궁수의 속내를 다 아는 기색이었다.

"경쟁자를 굳이 더 만들 필요는 없지 않겠습니까."

이미 다 알고 있는 듯했기에 남궁수도 더 이상 숨기지 않았다.

명천이라면 모를까 취선은 애초에 숨기는 게 불가능했다.

그녀가 마음만 먹는다면 황제가 오늘 입은 속곳의 색깔도 알아낼 수 있었다.

"경쟁자라. 역시 탐을 내는 건가. 흘흘! 하긴, 유하성 정도면 소화의 짝으로 부족함이 없지."

"무슨 소리. 소화의 짝으로 부족함이 없는 게 아니라, 소화가 하성이에게 얼추 맞는 거지. 중심을 제대로 놓아야지."

명천이 단호하게 정정했다.

남궁희수의 미모와 배경은 충분히 훌륭했다.

그러나 가치를 따지자면 유하성에 비빌 정도는 되지 않았다.

"허락해 주시는 겁니까?"

반면에 남궁수는 다른 점에 집중했다.

말하는 게 일단 반대는 아닌 것 같아서였다.

"내가 허락하고 말고 할 게 있나. 선택은 하성이가 하는 거지."

"방해는 하지 않으시겠다는 거군요."

"내 의지는 중요치 않지. 결정권은 하성이에게 있으니까. 근데 그건 모두에게 마찬가지고. 그보다 하성이를 찾아가는 건 얼마나 성장했는지 궁금해서겠지?"

"예. 가장 확실한 건 직접 겨루어 보는 거니까요."

작년에 남궁세가에서 만났던 유하성은 충격적이었다.

아들과 나이가 얼마 차이 나지 않는데도 수준은 감히 비교할 수가 없었다.

심지어 전력을 다한 것 같지도 않았다.

그래서 남궁수는 진심으로 궁금했다.

일 년이 지난 지금은 얼마나 강해져 있을지가 말이다.

그리고 겸사겸사 다시 한번 운을 뗄 생각이었다.

"얘기는 되어 있고?"

"정확하게 말을 꺼내지는 않았습니다. 만나야 약속도 잡을 텐데 첫날 이후로는 코빼기도 보이지 않으니."

"그럼 무작정 찾아가는 거네? 너무 무례한 거 아닌가?"

명천이 헛웃음을 흘렸다.

검제씩이나 되는 이가 언질도 없이 무작정 찾아간다고 하자 실소가 나왔다.

"딸을 통해서 말은 해 두었습니다. 단지 시간을 정해 놓지 않았을 뿐."
"흠. 그래도 너무 늦은 거 아닌가. 작년에야 장소가 남궁세가였기에 자네 마음대로 했다지만 여기는 무당산일세. 주인은 유하성이고 자네는 손님 입장이지."
"……그렇죠."
명천이 콕 짚어 말했다.
이건 무례하다고 말이다.
그리고 남궁수도 어느 정도는 동의했다.
"하성이가 초대했다면 모를까 이렇게 무작정 찾아가는 건 실례가 아닐까 하네만. 하성이가 나이는 어리지만 현 장문인과 같은 배분이야. 다들 그걸 망각하는 거 같은데."
"내 제자도 같은 배분이고. 거기다 금와장의 식구들도 있는데 이렇게 무작정 찾아가는 건 예의가 아니지."
옆에 있던 취선도 거들었다.
아무리 생각해도 이건 예의가 아니어서였다.
물론 명천과 취선을 마주치지 않았다면 크게 문제가 되지는 않겠지만 중요한 건 가는 길에 둘과 만났다는 점이었다.
"제가 생각이 짧았습니다."
"차라리 미리 약속을 잡고 가게."
"그리하겠습니다."
어떻게 보면 무당파와 남궁세가의 관계였기에 남궁수는 고집을 부리지 않았다.

억지라면 모를까 하나부터 열까지 다 맞는 말이었다.

그래서 남궁수는 아쉬운 얼굴로 둘에게 포권을 하고는 몸을 돌렸다.

"검제가 안달복달하는 걸 보니 난놈은 난놈이야."

"우리 하성이가 대단하기는 하지. 능히 천하제일인이 될 재목이니까."

"그건 모르는 거지. 마음먹는다고 그게 다 되나?"

"가능성은 충분하지. 후개도 마찬가지고."

멀어지는 남궁수를 일별하며 명천이 씨익 웃었다.

말은 이렇게 했지만 유하성 쪽이 더 천하제일인에 근접할 거라는 표정이었다.

"두 아이들 다 이제 반환점도 못 돌았어. 결과는 아무도 몰라. 마지막에 가 봐야 아는 거지. 근데 중요한 건 그걸 우리는 못 본다는 거지."

"난 이십 년은 더 살 거라니까. 그때쯤이면 볼 수도 있지."

"에잉!"

끝끝내 포기하지 않는 명천의 모습에 취선이 혀를 찼다.

다 늙었으면서 너무 욕심을 부리는 것 같아서였다.

"어쩌면 더 빨리 이룰 수도 있고."

"쉽지는 않을 게야. 지금 이 순간에도 잠룡들이 뼈를 깎으며 수련하고 있을 테니까. 은거고수들도 있을 테고. 게다가 여난까지 시작될 기미가 보이니 앞으로의 여정이 더 험난할 것이야."

"우리 하성이는 여자에 막 흔들리고, 목매는 성격 아니다. 오히려 여인들 쪽에서 매달리면 모를까."

"뭐, 자기가 고르면 골랐지 간택을 받는 얼굴은 아니니까. 근데 진짜 안 마실 거야?"

"끊었다니까."

조금 남은 호리병을 소리 나게 흔들며 취선이 말했다.

그러나 명천은 단호했다.

젊었을 적에는 그도 꽤나 술을 즐겼지만 지금은 아니었다.

오래 살아야 할 이유가 있었기에 단호하게 거절했다.

어느새 용봉회도 마무리를 향해 달려가고 있었다.

그래서인지 무당산 곳곳에서 은밀하게 대화를 나누는 남녀들의 숫자들이 점점 늘어났다.

친목의 장답게 청춘남녀들이 하나둘 정분이 난 것이었다.

하지만 유하성에게는 다른 세상의 이야기였다.

"이런 수련을 매해 해 왔던 거야?"

"혼자서 할 수 있는 수련은 한계가 있으니까. 사부님께서는 건강이 좋지 않으시고. 그러니 방법을 찾을 수밖에."

폭포에서 쏟아지는 물로 인해 물살이 제법 거셌다.

수심도 제법 깊어서 가장 깊은 곳은 삼 장이 훌쩍 넘었다.

그러나 유하성은 그 정도까지는 들어가지 않고 목울대가 잠길 듯 말 듯 한 곳에서 몸을 움직였다.

"이게 되냐고 묻고 싶은데 네가 자유자재로 움직이는 걸 보니 불가능한 건 아니네."

"난 십 년 넘게 해 왔으니까."

"윽!"

"어어!"

유하성을 따라 함께 물속으로 들어온 원상과 원호가 신음을 흘렸다.

내공을 사용하지 않고 오로지 육신의 힘만으로는 서 있기가 쉽지 않아서였다.

"허억!"

"읏!"

이리저리 치이고 충돌하며 사방팔방으로 흩어지는 물살에 따라온 무당파의 제자들도 정신을 차리지 못했다.

예측하지 못한 방향으로 흐르는 물살에 중심을 잡기가 쉽지 않아서였다.

게다가 수압으로 인해 움직임이 둔해졌기에 더더욱 반응하기가 어려웠다.

"이런 생각은 대체 어떻게 한 거야?"

"사람이 없으니까 자연에서 배워야 한다고 생각했거든."

"대단하네."

이춘상이 진심으로 감탄했다.

그리고 새삼 관점과 마음가짐이 얼마나 중요한지도 깨달았다.

애초에 자신은 글러 먹었다는 것도 말이다.

더불어 자극이 되는 호적수의 유무가 얼마나 중요한지도 절실하게 느꼈다.

"궁하면 통하는 법이지."

"끝까지 포기하지 않는다는 건가. 진짜 반성하게 되네."

이춘상이 씁쓸하게 중얼거렸다.

자신이 얼마나 안이하게 생활했는지 다시 한번 반성하게 되어서였다.

동시에 친구이지만 유하성을 존경하게 되었다.

끊임없이 자신을 채찍질하며 수련하는 게 얼마나 힘든지 너무나 잘 알아서였다.

"으어어?!"

"조심해! 자맥질 못 하면 낮은 곳으로 가!"

"헉헉!"

거칠게 휘몰아치는 물살을 버텨 내야 했기에 체력 소모가 극심했다.

그렇기에 물에 들어온 지 얼마 되지도 않았는데 벌써 반 이상이 밀려났다.

악으로 깡으로 버티고 버텨도 공력을 사용하지 않으니 얼마 버티지 못했던 것이다.

반면에 유하성의 표정은 평온했다.

"대체 어떻게 괜찮은 거야?"

"순응하면 된다. 물살을 느끼고 흘려 내면 돼. 억지로 물살을 가르려고 하면 당연히 힘이 들 수밖에."

"……그게 돼?"

"처음에는 당연히 안 되지. 나야 물에 익숙해지고 여기에서 오래 수련했으니까 되는 거지."

"그 괴물 같은 체력의 비밀이 이곳이었단 말이지."

이춘상이 이를 악물었다.

다른 제자들에 비해 상황이 낫긴 했지만 이춘상 역시 체력 소모가 상당했다.

그동안 악착같이 수련해서 체력을 늘렸음에도 말이다.

그 사실을 이춘상은 순순히 인정하며 유하성의 움직임을 유심히 살펴봤다.

'방법을 모를 땐 보고 따라 하는 것도 한 가지 방법이지.'

물살은 육안으로 보이기도 하지만 안 보이기도 했다.

게다가 위에서 흐르는 물살과 아래에서 흐르는 물살이 다르기도 하기에 더더욱 중심을 잡기가 어려웠다.

그래서 이춘상은 물살을 보는 것은 포기하고 유하성을 따라 하는 쪽으로 방향을 잡았다.

방법을 찾지 못할 때는 선구자를 따라가는 것도 한 가지 방법이었다.

"쉽지 않을걸."

"끄응! 해내고 만다! 어떻게든 해낸다!"

"너에게도 좋은 시간이 될 거다."

"넌 그렇게까지 되는 데 얼마나 걸렸어?"

"한 칠 년 정도?"

이춘상의 얼굴이 어두워졌다.

그리고 그건 점점 더 밀려나는 원상과 원호도 마찬가지였다.

칠 년이라는 말에 둘 다 아득해졌던 것이다.

"그, 그럼 균형을 잡는 데는? 앞으로 가지는 못하더라도 중심을 잡는 데 얼마나 걸렸어?"

"얼추 이 년에서 삼 년 정도 걸린 거 같은데. 일일이 기억을 하지는 않아서. 근데 나도 꽤 고생했지. 처음에는 이게 도움이 될까 싶기도 했고. 그런데 체력적으로는 확실히 도움이 되니까. 부상을 당했을 때도 도움이 됐고."

"그렇단 말이지."

삼 년이라 해도 절반에 가까운 시간이었지만 그래도 균형을 잡는 정도라면 할 수 있을 것 같았다.

유하성은 혼자서 온갖 시행착오를 겪어 가며 지금의 수준에 이르렀겠지만 그는 달랐다.

친구의 도움을 받을 수 있을 것이기에 이춘상은 삼 년까지는 걸리지 않을 거라 생각했다.

물론 조언을 받는다고 해서 곧바로 할 수 있는 건 아니지만 그래도 무작정 도전하는 것보다는 나을 터였다.

"처음부터 너무 깊은 곳에서 할 필요 없어. 일단 어느 정도 적응한 다음에 조금씩 좀 더 깊은 곳으로 들어가는 게 낫다."

"후개의 자존심이 있지. 어차피 나중에는 이곳에 올 텐데 미리 도전하는 것도 나쁘지 않지!"

"뭐, 선택은 네가 하는 거니까."

"금방 적응해 주겠어!"

"시작은 노는 걸로 해도 나쁘지 않아. 우선은 물과 친해져야 하니까."

유하성의 시선이 누나와 물싸움을 하고 있는 황주성에게로 향했다.

웃통을 까고서 신나게 물보라를 피우며 놀고 있었다.

그러다가 조금 깊은 곳으로 들어가 자맥질도 했다.

"걱정하지 마. 내가 이래 봬도 어려서부터 다리 밑에서 놀던 사람이야. 물은 익숙하단 말이지."

"알았다. 잘해 봐."

"가끔씩 조언 좀 해 줘."

"봐서."

"쳇!"

빈말이라도 알겠다고 하지 않는 유하성의 모습에 이춘상이 입을 삐죽 내밀었다.

그러나 더는 말하지 않았다.

우선은 스스로 할 수 있는 데까지 해 볼 생각이었다.

'하성이가 해냈으면 나도 할 수 있지!'

도움은 하다 하다 안 되면 청해도 늦지 않았다.

그리고 다 같이 시작한 만큼 절대 뒤처져서는 안 되었다.

이건 남자의 자존심이 걸린 문제였다.

"할 만해?"

"버틸 만합니다!"

"꼭 깊은 곳에서부터 시작할 필요는 없어. 자기 수준에 맞게, 무리하지 않는 것도 중요해."

"해 보다가 안 되면 내려가겠습니다."

유하성이 피식 웃었다.

아닌 척하고 있지만 원호나 원상이나 서로를 의식하고 있었다.

절대 먼저 내려가지는 않겠다는 듯이 기를 쓰며 버티는 모습에 유하성은 실소가 흘러나왔다.

"육안으로 볼 수 있는 건 한계가 있어. 그러니까 시각보다는 촉각과 청각에 집중하는 게 더 나을 거야. 균형이 좀 잡힌다 싶으면 보법을 수련하는 것도 좋아. 일단 하체가 굳건해야 다른 무공도 제 위력을 발휘할 수 있으니까."

"예!"

"이거야 기본이니 다들 알고 있겠지만. 근데 용봉회도 내일이면 마지막인데 여기 있는 것보다는 참석하는 게 더 낫지 않나? 다양한 후기지수들과 비무를 할 수 있는 기회인데."

유하성이 두 사람을 번갈아 쳐다봤다.

수련도 좋지만 다양한 경험을 쌓는 것도 무인에게 있어 중요했다.

그야 후기지수들과 대련을 할 시기는 지났지만 원호나 원상, 다른 제자들은 달랐다.

"이미 충분히 했습니다."

"인사는 내일 하면 되니까요. 사숙께서도 마지막 날에는 참석하시지 않습니까."

"난 그냥 인사만 하려고. 굳이 오래 있을 필요가 있나 싶어서. 장문사형도 계시니 내가 자리를 지킬 필요는 없지."

무율뿐만 아니라 다른 장로들도 내일은 대부분 참석할 것이기에 유하성은 오래 머물 생각이 없었다.

친분이 있는 이들만 따로 만나서 인사할 생각이었다.

"저희도 인사하고 바로 수련에 합류하겠습니다."

"하고 싶은 대로 해. 강요하는 건 아니니까."

늘 그렇듯이 무미건조하게 한마디를 남기며 유하성이 다른 제자들에게로 향했다.

그러고는 마지막으로 노는 건지 수련하는 건지 구분이 안 되는 황주성에게 다가가 이런저런 이야기들을 해 주었다.

투두. 투두두둑!

아침부터 하늘이 어둑어둑하더니 역시나 비가 쏟아졌다.

소나기라고는 보기 힘들 정도로 시커먼 구름이 쏟아 내는 굵은 빗줄기에 범구를 비롯한 소림승들이 주변을 두리번거렸다.

혹시나 관제묘라도 있을까 싶어서였다.

그러나 어디에도 비를 피할 만한 곳은 보이지 않았다.

"좀 더 가 보자꾸나. 가다 보면 비를 피할 만한 곳이 있을 게다."

"마을은 없겠죠?"

"이 근방에는 없을 거다. 산을 다 내려가면 모를까."

"하필이면."

계현의 말에 범구가 한숨을 쉬었다.

그러나 자연의 섭리를 인간이 어찌할 수 있을 리 없었다.

때문에 당장 그들이 할 수 있는 건 관제묘나 동굴이 있기를 바라며 이동하는 것뿐이었다.

"응?"

도롱이를 미처 준비하지 않았기에 쏟아지는 비를 그대로 맞으며 이동하던 계현이 미간을 좁혔다.

일단의 무리가 길을 막고 있어서였다.

숫자는 대략 십여 명 정도였는데 다들 하나같이 피풍의를 뒤집어쓰고서 석상처럼 서 있었다.

"산적일까요?"

사제도 그걸 봤는지 발걸음을 멈추며 물었다.

길목을 막고 있는 게 좋은 의도로 보이지는 않아서였다.

그런데 이상한 건 산적처럼 보이지는 않는다는 것이었다.

"산적 같지는 않은데."

"딱 봐도 우리를 기다리고 있었던 것 같은데요."

"우리가 아니더라도 목적이 있으니까 저러고 있겠지."

계현의 눈빛이 가라앉았다.

무인이 건강한 건 사실이나 그렇다고 철인은 아니었다.

절대고수가 빗방울을 튕겨 내 폭우 속에서도 젖지 않는다고 하지만 보통의 무인들은 달랐다.

일반 양민들처럼 감기가 자주 걸리지는 않지만 간혹 몸살이 걸리긴 했다.

"소림사의 장로들치고는 겁이 많은데? 계집도 아니고."

그때 석상처럼 미동도 없던 이들 중 한 명이 입을 열었다.

그들을 기다렸다는 듯이 정확히 소림사를 언급했던 것이다.

"역시 우리를 기다렸나?"

"기다렸지. 근데 너무 늦더라고. 아무리 비가 왔다지만 너무 늦은 거 아냐? 비가 오면 더 빨리 이동해야 하지 않나?"

스윽.

얼굴을 가리고 있던 피풍의를 살짝 들어 올려 보이자 삼십 대 초반으로 보이는 사내의 얼굴이 드러났다.

굵은 눈썹과 함께 가장 먼저 눈에 보이는 건 얼굴을 가로지르는 흉터였다.

하지만 계현은 그보다 사내의 얼굴에 집중했다.

기억에 있는 얼굴인가 확인했던 것이다.

-모르는 얼굴입니다.

-저도 처음 봅니다.

두 사제의 전음에 계현도 미약하게 고개를 주억거렸다.

그의 기억에도 사내의 얼굴은 없어서였다.

"누구냐?"

"역시 무룡이야. 호기가 있어. 그래, 구룡의 일인이라면 그만한 호기는 있어야지."

"밝히지 않을 생각인가?"

"그럴 리가. 근데 지금은 아냐. 그리고 자리도 아직 마련되지 않았고."

촤르륵!

사내의 손짓에 발밑에서 무언가가 솟구쳤다.

미리 자리를 잡고 있었던 만큼 함정을 준비해 놓았던 것이다.

그러나 계현을 비롯한 소림사의 제자들은 당황하지 않았다.

갑작스러운 함정이었으나 아래에서 솟구치는 만큼 피하지 못할 정도는 아니었다.

"그건 시작에 불과해."

쌔애액!

아래에서 솟구치는 그물망을 여유롭게 피해 내는 소림승들의 모습에도 사내는 당황하지 않았다.

발밑의 그물은 말 그대로 시작에 불과해서였다.

그 사실을 증명하듯 양쪽의 수풀에서 화살이 쏟아졌다.

뛰어오른 순간을 정확히 노리고서 쏜 것이었다.

"큭!"

"이, 이건……!"

게다가 쏘아진 화살은 단순한 화살이 아니었다.

그게 스친 순간 장로들과 일대제자들은 알 수 있었다.

화살의 날에 마비독과 산공독이 묻어 있음을 말이다.

"우리 동료 중에 독을 기가 막히게 다루는 곳이 있거든. 사천당가와 비교해도 꿀리지 않는 곳이지."

거기다 사내가 준비한 건 이게 다가 아니었다.

다른 무인도 아니고 소림사의 장로와 구룡 중 무룡이 있는 일행이었다.

그래서 특별히 준비를 철저하게 했다.

휘이익!

화살이 교차하며 지나간 곳에서 십여 개의 올가미가 뿌려졌다.

폭우가 쏟아지고 있음에도 진기를 실었는지 올가미들은 정확히 소림승들의 팔다리, 그리고 목을 노렸다.

그런데 그게 다가 아니었다.

올가미에 이어 한눈에 보기에도 무게가 상당히 나가 보이는 두꺼운 철망이 허공을 가득 채웠다.

"피해라!"

"흩어져!"

연달아 펼쳐지는 기습에 계현과 사제가 소리쳤다.

산공독과 마비독이 빠르게 전신으로 퍼지고 있는 상태였기에 철망에 당하면 방법이 없었다.

그렇기에 계현은 소리치는 것과 동시에 앞으로 치고 나갔다.

자신에게 시선을 집중시켜 사제들과 사질들이 빠져나갈 시간을 벌 생각이었다.

스슥!

한데 그런 계현의 생각을 마치 읽기라도 한 것처럼 사내의 등 뒤에 있던 장정들이 등에 메고 있던 원형의 방패를 전면에 내세우고서는 달려들었다.

몸으로 계현의 돌진을 막겠다는 듯이 짓쳐 들었던 것이다.

그 모습에 계현이 단전의 내공을 전부 끌어 올렸다.

어차피 시간이 지나면 쓸 수 없는 내공이었기에 계현은 아끼지 않았다.

"차합!"

현재 가용할 수 있는 모든 진기를 오른손에 모아 금강복마권을 펼쳤다.

쏟아지는 폭우를 가르며 권강이 찬란하게 피어오르며 달려드는 장정들에게 작렬했다.

쩌어어엉!

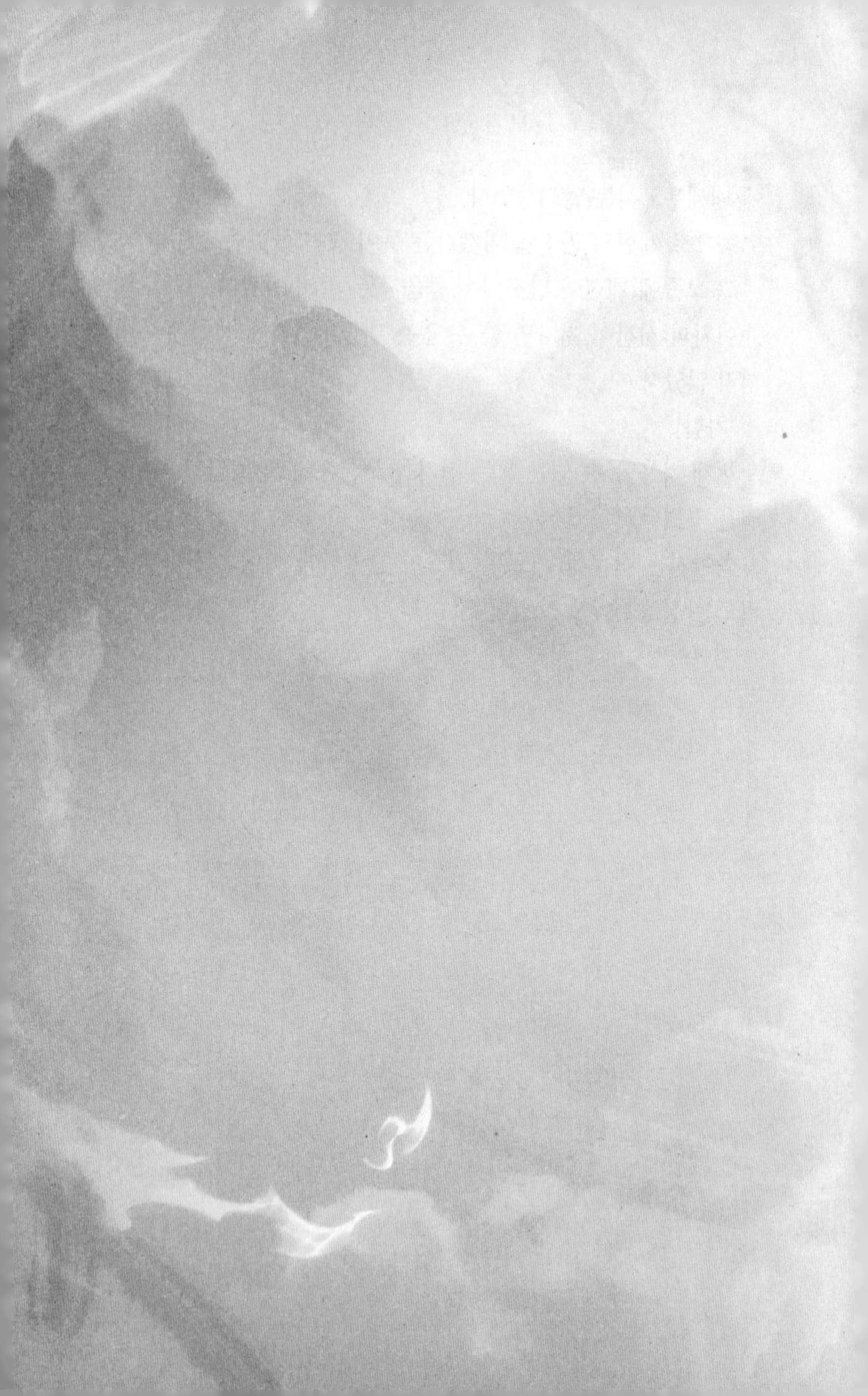

제27장 번천회飜天會

계현의 두 눈이 부릅떠졌다.

가용할 수 있는 모든 내력을 쏟아부었음에도 달려드는 이들 중 단 한 명도 밀어 내지 못해서였다.

오히려 촘촘히 맞닿은 방패를 강타한 그의 주먹이 은은하게 아려 왔다.

물론 방패들의 상태도 썩 좋은 건 아니었지만 중요한 건 그의 공격이 실패했다는 사실이었다.

"거기까지."

"흐읍!"

계현이 온몸을 비틀었다.

그러나 그의 몸을 감싼 밧줄은 점점 더 그를 옥죄기만 했다.

특수하게 가공을 한 것인지 아니면 산공독 때문인지 아무리 기를 써도 밧줄을 풀어낼 수 없었다.

쿠웅!

거기다 무거운 철망까지 씌워지자 계현은 엎어질 수밖에 없었다.

그리고 그 위로 양쪽 수풀에서 솟구친 장한들이 몸으로 짓눌렀다.

"늙은이가 힘이 좋아. 역시 소림사의 승려들은 다르다는 건가."

"……어디 소속이더냐?"

"미안하지만 아직은 때가 아니야. 소개는 모든 게 끝나면 말해 주지. 그게 의미가 있을까 싶다만. 무룡을 제외한 나머지는 한곳에 모아."

"예!"

유일하게 얼굴을 드러낸 사내의 지시에 수하들이 일사불란하게 움직였다.

계현과 마찬가지로 온몸이 꽁꽁 묶인 장로들과 일대제자 두 명을 짐짝처럼 모아 두었던 것이다.

그러면서도 점혈하는 걸 잊지 않았다.

마혈을 짚은 건 물론이고 산공독과 마비독도 추가적으로 주입했다.

"지금 무슨 짓을 저지른 건지 아나?"

"알지. 아니까 이렇게 했지. 모르고 이렇게 할 리가 있나?"

"소림이 가만있지 않을 것이다."

"그렇겠지. 제자들이 죽었는데 아무리 수양을 하는 스님이라도 참을 수 있을까. 근데 아마 정신이 없을 거야. 난리가 난 곳은 소림사만이 아니거든. 해독약 먹이고, 풀어 줘."

"……뭐 하는 짓이지?"

범구는 물론이고 생포당한 계현과 장로들, 범자배 일대제자들 역시 당혹스러운 표정을 지었다.

이게 무슨 상황인지 이해가 가지 않아서였다.

그런데 사내는 대답 대신 입고 있던 피풍의를 벗었다.

스르륵.

비에 젖은 피풍의가 벗겨지며 장군처럼 철갑이 드러났다.

전체적으로 전신을 감싸는 갑옷이었는데 문양이며 색깔이 상당히 화려했다.

그러나 중요한 건 무인의 복색은 절대 아니라는 것이었다.

"무룡 범구. 넌 지금부터 나와 내기를 해야 해. 미리 말해 두는데 다른 선택지는 없어. 네가 할 수 있는 건 나와 일대일 승부에서 이기거나 지는 것밖에는 없다. 내기인 만큼 상품이 걸려 있어야겠지? 네가 이긴다면 저기 붙잡은 다섯 명을 풀어 주지. 하지만 네가 이기지 못한다면."

"다 죽이겠군."

"아니. 너만 살아남는다. 그러나 무인으로서의 무룡 범구는 더 이상 존재하지 않겠지."

"……."

범구의 눈빛이 가라앉았다.

저 말이 무엇을 뜻하는지 모르지 않아서였다.

"난 나름 정정당당한 성격이라. 금창약이 없다면 주지. 이쪽에 최상급 금창약이 있거든. 화살에 스친 건 곧바로 아물 거다."

"금창약은 나도 있다."

"그럼 발라. 준비하는 시간 정도는 줄 수 있으니까. 아, 참고로 덧붙이자면 도주는 허락하지 않는다. 네가 할 수 있는 건 전력을 다해 날 쓰러뜨리는 거다."

처처척!

사내의 말이 끝나기 무섭게 마찬가지로 철갑을 입고 있는 무인들이 사방을 둘러쌌다.

포위하듯 둥글게 자리를 잡았던 것이다.

"가족을 버리고 도망치는 법은 배우지 못했다."

"하긴. 긍지 높은 소림사의 무승인데."

범구는 봇짐에서 금창약을 꺼냈다.

소림사 비전으로 만든 금창약으로 효과는 두말할 필요가 없었다.

물론 이걸 바른다고 바로 상처가 아물지는 않겠지만 애초에 화살에 긁힌 것이었기에 싸우는 데 지장은 없었다.

다만 머리가 복잡했다.

'단순하게 생각하자. 이기면 된다. 내가 이기면 모두가 살 수 있다.'

범구의 눈빛이 깊게 가라앉았다.

상대에 대해서 전혀 모르는 만큼 나중에 말을 바꿀 여지가 있지만 범구도 생각하는 게 있었다.

만약 그가 이긴다면 역으로 사내를 제압하면 되었다.

우두머리인 만큼 사내를 생포하면 사숙들과 사제들을 구할 수 있었다.

"슬슬 준비가 된 거 같은데."

"시작하지."

"좋아."

무겁게 가라앉은 범구의 시선을 마주하며 사내가 검과 방패를 들었다.

마치 군부의 병사처럼 완전무장을 한 사내의 모습에 범구는 단전의 진기를 끌어 올렸다.

해독약을 먹어서인지 진기의 운용은 문제가 없었다.

내공 소모가 약간 있었으나 크게 문제 될 정도는 아니었다.

스스슥!

진기를 전신에 퍼트린 범구가 미끄러지듯이 접근했다.

그러고는 강맹함으로는 강호일절인 금강복마권을 펼쳤다.

완전무장을 하고 있다고 하나 단단한 건 결국 더 단단한 것에 부서지기 마련이었다.

게다가 금강복마권이 막히더라도 다른 방법은 많았다.

꽈아앙!

범구는 처음부터 모든 걸 쏟아부었다.

지면 모두가 죽는다는 마음으로 사력을 다해 정권을 연달아 뻗었다.

한 방에 나가떨어지지 않는다고 생각하고는 말 그대로 파상공세를 펼친 것이다.

꽈과과광!

그런데 그의 권격을 사내는 방패로 모조리 막아 냈다.

맹렬한 기세로 쏟아지는 공격을 방패로 비스듬히 흘려 내고는 검을 휘둘렀다.

하지만 범구도 만만치 않았다.

무룡이라는 별호는 괜히 생긴 게 아니라는 듯이 현란한 보법을 밟으며 왼손을 활짝 폈다.

투웅.

범구의 좌장이 사내의 어깨를 가볍게 두드렸다.

한데 결과는 지금까지와는 사뭇 달랐다.

권강도 멀쩡하게 받아 내던 사내가 처음으로 상반신을 들썩였던 것이다.

"내가중수법이라. 역시 쉽게 당해 주지는 않는다는 건가."
강격이 통하지 않자 무룡은 곧바로 방법을 바꿨다.
굳이 상대방이 유리한 방식으로 싸울 필요는 없어서였다.
물론 이것이 평범한 대련이었다면 좀 더 어울려 주었을 것이었다.
그러나 이 대련에는 사숙들과 사제들의 목숨이 걸려 있었다.
'내가 죽더라도 다섯 명은 반드시 살린다!'
범구가 이를 악물었다.
내가중수법은 위력이 막강한 만큼 내공 소모가 컸다.
하지만 지금으로서는 이 방법밖에 없었다.
눈앞의 사내를 제압해야 다섯 명을 구할 수 있기에 범구는 어금니를 앙다물고서 쌍장을 크게 휘둘렀다.
서걱.
"한번 당한 수에 또 당할 것 같나?"
범구의 두 눈이 휘둥그레졌다.
지금껏 정면 승부를 피하지 않았던 사내가 처음으로 회피해서였다.
그와 동시에 사내의 검이 그의 장심을 찔렀다.
"큭!"
손등으로 빠져나오는 검극에 피가 솟구쳤다.
그러나 사내의 공격은 이게 끝이 아니었다.

왼팔에 있던 방패가 범구의 턱을 강타했다.

빠각!

턱뼈가 박살 나는 소리와 함께 범구의 신형이 들썩였다.

하지만 날아가지는 못했다.

왼손을 관통한 검이 그가 날아가는 걸 허락하지 않아서였다.

"버, 범구야!"

입에서 솟구치는 피 보라에 계현이 피를 토하는 듯한 목소리로 범구를 불렀다.

그런데 그때 범구가 생각지도 못한 움직임을 보였다.

정타를 두 개나 허용했기에 정신을 잃어도 이상하지 않은 상황임에도 범구는 견뎌 냈다.

죽음을 각오한 이답게 머리가 새하얗게 변하는 고통 속에서도 정신을 유지했다.

퍼퍼퍼펑!

오히려 몸의 중심이 뒤로 넘어가 있는 걸 이용해 범구는 관음십팔족(觀音十八足)을 한 번에 펼쳐 냈다.

치명타를 입히겠다는 생각보다는 거리와 시간을 벌기 위한 목적이었다.

"흠!"

한데 한 번에 쏟아지는 발길질이 제법 묵직했던 모양인지 사내가 옅은 침음을 흘리며 물러났다.

일단 큰 상처를 입혔으니 잠시 물러나서 자세를 가다듬으려는 듯했다.

"흐읍!"

그러나 그걸 알아차린 것과 동시에 범구가 달려들었다.

치명상을 입은 상태이기에 시간을 끌면 그가 불리했다.

마음 편히 지혈을 할 수 있는 상황도 아니었기에 범구는 피투성이가 된 얼굴을 악귀처럼 일그러뜨리며 두 개의 무공을 동시에 시전했다.

왼손으로는 철심수(鐵心袖)를, 오른손으로는 응조수(鷹爪手)를 펼쳤다.

부우웅! 쌔애액!

왼손은 관통상을 당했기에 권장지수(拳掌指手)의 무공 전부를 사용할 수 없었다.

그렇기에 소매에 내공을 실어 공격하는 철심수를 펼쳤고, 오른손으로는 응조수를 시전해 갑옷 사이의 틈을 노렸다.

거슬리는 철갑을 아예 뜯어낼 작정이었다.

"그래. 명색이 구룡인데 이렇게 나와야지."

투혼 넘치는 범구의 모습에 사내가 흡족한 미소를 머금었다.

너무 쉬워도 재미가 없었다.

그리고 이렇게 나오길 원해서 애초에 판을 만든 것이기도 했고.

때문에 사내는 기꺼운 표정으로 땅을 박찼다.

꽈아앙! 꽝!

진기를 가득 머금은 네 개의 팔이 격돌하자 폭음이 쉬지 않고 터졌다.

동시에 두 사람의 팔다리가 희끗하게 보일 정도로 빠르게 움직였다.

비가 쏟아지고 있음에도 둘 다 빗줄기는 전혀 영향을 끼치지 못한다는 듯이 날카로운 움직임을 보여 주었던 것이다.

그런데 시간이 갈수록 범구의 동공이 흔들렸다.

'뭐지?'

공방을 주고받으면 주고받을수록 범구는 묘한 위화감을 느꼈다.

왠지 모르게 상대가 그의 투로를 알고 있는 듯한 느낌이 들어서였다.

초식과 초식으로 맞부딪치는 게 아닌, 이쪽의 초식을 알고서 방비하는 듯한 느낌에 범구는 당혹감을 감출 수가 없었다.

"네가 느낀 게 맞아."

푹!

범구의 두 눈이 화등잔만 하게 커졌다.

그러고는 천천히 고개를 숙였다.

마음속으로는 아니길 바라면서 말이다.

하지만 그의 바람과는 다르게 검강을 머금은 사내의 검은 정확히 단전을 관통해 있었다.

"어, 어떻게?"

"소림사의 칠십이종절예가 세상에 모습을 드러낸 지 수백 년이 지났지. 그러니 이제는 알려질 때도 되지 않았어?"

"마, 말도 안 돼."

"네가 가장 잘 느꼈을 거라고 생각하는데. 참고로 상처는 얕아. 일부러 단전만 파괴했으니까. 지혈하고 금창약을 바르면 죽지는 않을 거다."

푹! 푹! 푹! 푹! 푹!

범구가 믿을 수 없다는 듯이 공허한 표정을 지을 때 섬뜩한 파육음이 들렸다.

승패가 결정되자 사내의 수하들이 망설임 없이 계현을 비롯해서 소림승들의 심장에 칼을 찌른 것이었다.

"……소림이 결코 좌시하지 않을 것이다."

"그렇겠지. 근데 더 이상 참지 않는 건 우리도 마찬가지다. 어차피 전쟁은 시작됐고, 마지막까지 살아남은 쪽이 모든 걸 가지겠지. 소림사가 이기면 우리가 멸망할 테고, 우리가 이기면 소림사가 멸문하겠지."

심장이 관통당했음에도 계현은 바로 죽지 않았다.

평생 동안 쌓아 온 막대한 공력이 잠시나마 그의 생명을 붙들어 준 것이었다.

하지만 그 시간은 얼마 되지 않았고 이내 계현의 동공에서 빛이 사라졌다.

"가자."

계현을 비롯한 다섯 명이 죽자 사내는 미련 없이 몸을 돌렸다.

그러나 범구는 주저앉은 채로 꼼짝도 하지 않았다.

지금의 상황이 믿어지지 않아서였다.

그래서 범구는 지혈해야 한다는 생각도 하지 못한 채 멍한 표정으로 땅바닥만 쳐다봤다.

용봉회를 무사히 마무리 짓고 원일은 다음 날 연구동을 찾았다.

원래는 더 일찍 찾아오고 싶었는데 대사형이자 비룡으로서 용봉회에 참석하고 사형제들을 챙겨야 했기에 이제야 올 수 있었다.

"아니지! 거기서 그렇게 움직이면 안 되지!"

"이렇게요?"

"아니! 생각을 해야지! 서로의 합이 절묘하게 맞아떨어지게. 보이지 않아도 소리만으로 짝이 어떻게 움직이는지 알 수 있도록!"

"……그게 돼요?"

제자 한 명이 당혹스러운 표정을 지었다.

고수라면 모를까 그에게는 불가능한 요구 조건이어서였다.

기감이 예민한 편도 아니었기에 일대제자는 장일덕의 말에 얼굴이 어두워졌다.

"되지! 안 되면 되게 하라! 이 말 몰라?"

"그게 말처럼 쉬운 일이 아닌데요."

"당연히 어렵지. 쉬우면 내가 이렇게 계속 붙잡고 말하고 있겠어? 재능이 부족하면 노력으로 채워야지! 죽어라 하면 돼! 머리가 안 되면 몸이 저절로 반응할 때까지 반복하면 된다! 응용은 기본식이 몸에 완벽히 익은 다음에 넘어가면 돼!"

"……이게 끝이 아니라는 거군요."

"당연하지!"

이어지는 장일덕의 말에 일대제자의 얼굴이 시커메졌다.

앞으로의 고행이 눈에 보여서였다.

"여긴 어쩐 일이야?"

"사숙."

기척을 느끼기도 전에 들려오는 유하성의 목소리에 원일이 자세를 가다듬었다.

그러고는 그를 향해 정중히 인사했다.

나이 차이는 얼마 나지 않았지만 유하성의 배분은 그의 사부와 동일했다.

게다가 실력 면에서는 감히 비교도 할 수 없기에 원일은 존경 가득한 눈빛으로 유하성을 바라봤다.

"장문사형께서 내게 따로 전할 말이 있는 건가?"

"아닙니다. 저의 개인적인 이유로 찾아왔습니다."

"말해 봐."

원일 역시 사질이지만 교류는 그리 많지 않았다.

만난 것도 용봉회의 연회장에서 처음 봤었고.

그런데 연락도 없이 찾아오자 유하성은 살짝 의아한 표정을 지었다.

"저도 여기서 수련해도 되겠습니까?"

"애들이랑 함께?"

"예."

원일이 조심스럽게 물었다.

무룡 범구를 단 일 초 만에 제압하는 걸 보고 그는 경악했었다.

그런데 더 충격적인 건 그게 운에 의한 결과가 아니라는 점이었다.

애초에 실력 차이가 현격했기에 난 결과라는 걸 알고 원일은 그날 마음의 결정을 내렸었다.

"장문사형의 허락은 받고 온 거야?"

"예. 사부님께 말씀드렸더니 잘 배우고 오라고 하셨습니다."

"허어."

전혀 예상치 못한 답변에 유하성이 헛웃음을 흘렸다.

그러나 한편으로는 이해가 안 가는 것도 아니었다.

장문인으로서 바쁘기도 하겠지만 원일은 기반이 완벽하게 닦여 있는 상태였다.

이제부터는 스스로 나아가도 되는 시점이었기에 무율이 안심하고 보냈을 터였다.

"안 될까요?"

"안 될 건 없지. 근데 난 따로 가르치는 건 없어. 자세를 교정해 주는 정도지. 난 네 사부가 아니니까."

"그것만으로 충분합니다."

유하성의 입장은 당연했다.

지도는 유하성이 할 수 있는 부분이 아니었다.

하지만 조언이나 교정 정도는 충분히 할 수 있었다.

더욱이 유하성은 면장의 당대 계승자인 만큼 면장에 한해서는 다른 장로들과 원로들도 허락할 수밖에 없었다.

"그렇다고 내가 따뜻하고 친절한 사숙은 아니라는 거 알고 있지?"

"물론입니다. 쉬운 마음가짐으로 오지 않았습니다. 저 나름대로 심사숙고한 끝에 찾아뵌 것입니다."

"그렇다면 다행이고."

"그리고 합격진을 연구 중이라고 들었습니다. 그 부분에서는 저도 도움이 될 거라고 생각합니다."

원일은 무작정 찾아오지 않았다.

용봉회의 일정을 치르면서 꼼꼼하게 사전 조사를 했다.

어떻게 보면 다 같은 식구이기에 유하성이 청을 거절할 가능성은 낮았지만 만사불여튼튼이었다.

까칠한 성격은 이미 무당산 전체에 알려져 있었기에 미리 준비해서 나쁠 건 없었다.

"그렇긴 하겠네. 뭔가 추가할 게 있으면 언제라도 기탄없이 말하고."

"예."

유하성이 고개를 끄덕이자 원일은 원상과 원호가 있는 곳으로 발걸음을 옮겼다.

그러자 둘 다 처음에는 놀랐지만 이내 자연스럽게 함께 수련하기 시작했다.

물론 시작은 체력 단련이었다.

원일의 체력을 확인해 보겠다는 듯이 원호와 원상은 개구쟁이 같은 미소를 지으며 비탈길로 사라졌다.

"비룡도 합류했네."

"그러게."

"애들이 더 피똥을 싸겠는데."

"서로에게 좋은 자극이 되겠지."

"너와 나의 관계처럼 말이지?"

이춘상이 슬그머니 다가왔다.

하지만 그의 말에 유하성은 정색하듯 반응하지 않았다.

그저 물끄러미 쳐다보기만 했다.

"농담 좀 받아 주면 덧나냐?"

"농담도 정도껏 해야지."

"인간미가 없어. 아주 매정해."

이춘상이 혀를 찼다.

못 이기는 척 받아 주는 꼴을 못 봐서였다.

삐이익!

한데 그때 창공에서 날카로운 소리가 들려왔다.

하늘을 가로지르던 매 한 마리가 울부짖으며 두 사람의 위를 빙빙 돌았다.

"개방에서 보낸 거 같은데?"

"그러게. 뭔 일이 생겼나?"

하늘 위를 크게 세 번 돈 매가 수직 낙하했다.

이춘상이 왼팔을 들어 올리자 벼락처럼 내려온 것이었다.

삐익! 삐이익!

"그래그래. 고생했다. 간식은 저 녀석이 줄 거야."

팔뚝에 얌전히 내려앉은 전서응의 목덜미를 이춘상이 부드럽게 쓰다듬어 주었다.

영물은 아니지만 개방에서 사용하는 전서응 중에서 가장 빠르고 강한 녀석이 이 아이였다.

반쯤 영물이라고 봐도 무방했기에 이춘상은 애정 넘치는 목소리로 매를 쓰다듬었다.

그러자 매가 손길을 즐기는 듯 눈을 감았다.

"참나."

"뭐해? 육포 안 주고. 얘는 입이 고급이라 최상급을 좋아해. 특히 네가 직접 만든 걸 좋아하더라고."

"이 녀석 주려고 만든 게 아닌데 말이지."

"대신에 밖의 소식을 알려 주잖아? 이 정도면 좋은 거래지. 흐흐흐!"

얄미운 표정으로 말하는 이춘상을 살짝 째려보며 유하성이 품속에서 육포를 꺼냈다.

혼자 살 때 가끔은 특식도 필요하기에 심심풀이로 육포를 만들었는데 그게 반응이 제법 괜찮았다.

다른 제자들도 별미라고 인정했는데 이제는 매도 그의 육포를 좋아했다.

삐익! 삑!

똘똘한 녀석답게 유하성의 손이 품속으로 들어가자 기쁜 듯이 몸을 들썩였다.

이춘상의 팔에 앉아 있기에 날개를 펄럭이지는 않았는데 대신 머리를 좌우로 흔들고 꼬리를 반대로 씰룩였다.

기쁜 마음을 온몸으로 표현하는 것이었다.

"녀석."

진심으로 기뻐하는 매의 모습에 유하성은 못 이기겠다는 듯이 큼지막한 육포 하나를 주었다.

거의 손바닥만 한 크기였는데 매는 그걸 순식간에 해치웠다.

씹지도 않고 날카로운 부리로 찢어서 거의 삼키는 수준이었다.

게 눈 감추듯이 순식간에 육포를 끝장낸 매가 두 눈을 반짝이며 유하성을 쳐다봤다.

이춘상보다 더 친근한 눈빛으로 말이다.

"더 달라는 거 같은데? 육포만 주면 너한테도 갈 거 같아."

푸드득!

이춘상의 말이 진짜라는 듯이 매가 작게 날개를 펄럭였다.

원한다면 지금 당장이라도 넘어가겠다는 듯이 말이다.

그러나 유하성은 피식 웃으며 고개를 저었다.

"오늘은 여기까지. 너무 퍼 주면 버릇 나빠져."

삐이이익.

유하성의 말을 알아듣는 것처럼 매가 시무룩하게 고개를 숙였다.

언제 초롱초롱하게 바라봤냐는 듯이 기가 죽은 모습이었으나 유하성은 넘어가지 않았다.

"뭐, 다음번에 준다니까 너무 아쉬워하지 말자."

누가 봐도 실망한 기색의 매를 한 차례 부드럽게 쓰다듬어 준 이춘상이 그제야 발목에 달려 있는 작은 통을 열었다.

단단히 밀봉된 나무통을 열자 돌돌 말려 있는 종이가 있었다.

이춘상은 그걸 천천히 펼쳐 가며 읽었다.

한데 읽어 내려가는 그의 표정이 심상치 않게 변해 갔다.

"왜 그래?"

시시각각 변하는 이춘상의 표정에 옆에 있던 유하성이 물었다.

표정만 봐도 무슨 일이 생겼다는 걸 알 수 있어서였다.

"무룡이 죽었어."

"뭐?"

"구룡 중 여기 있는 비룡, 그리고 검룡을 제외한 전부가 정체를 알 수 없는 무리들에게 습격을 당했대. 그중 무사히 위기를 빠져나온 건 현룡뿐이고. 나머지는 무공이 전폐되었거나 죽었다고 해."

내용을 전달하면서도 이춘상은 믿을 수가 없는 듯 목소리가 떨렸다.

하지만 믿지 않을 수가 없었다.

이 소식을 전한 게 개방이었다.

아무리 개방도가 자유분방하고 농담과 장난을 좋아한다고 하지만 이런 짓을 하지는 않았다.

"정말로?"

"응. 그런데 이상한 건 복귀하는 다른 후기지수들은 멀쩡히 도착했다네."

"그 말은 일부러 구룡만 노렸다는 거군."

"맞아. 게다가 상황이 특이해. 일행을 전부 제압한 다음에 비슷한 또래와 일대일 대결을 펼쳤다고 해. 근데 다른 일행들은 전부 다 죽였으면서 구룡은 죽이지 않았다고 해. 무룡은 과다 출혈로 죽었고. 독룡은 생사가 아직 불분명하고."

"어디인지는 아직 파악 못 했고?"

소식을 전해 온 곳이 다름 아닌 개방이었다.

정보력으로는 중원에서 둘째가라면 서러워할.

그렇기에 신뢰도는 확실했다.

"아직. 하지만 곧 알아낼 거야. 이렇게 일을 저지른 놈들이 가만있을 리 없으니까. 다만 문제는 정체불명의 적들이 사용하는 방식인데, 이게 다 달라."

"새외무림일 가능성은?"

"지금까지 드러난 정보만 따지면, 거의 없어. 마교나 북해빙궁은 무공이나 성향이 딱 티가 나니까. 독룡을 상대한 곳이 독을 사용했다고 하니 남만의 오독문일 가능성이 있긴 한데, 거기는 지극히 폐쇄적인 곳이라 다른 문파와는 연계를 하지 않아. 오히려 홀로 쳐들어오면 모를까."

이춘상이 복잡한 얼굴로 말을 이었다.

대답을 하면서도 구룡을 습격한 이들에 대해 생각하는 것이었다.

하지만 아직은 정보가 너무 적었다.

"침착해. 이런 일을 저지르고도 가만히 있지는 않을 거야. 그러니 불필요한 일에 심력을 쏟지 말고 지금 할 수 있는 걸 하자고."

"알았다."

유하성의 말에 정신이 좀 들었는지 이춘상이 고개를 끄덕였다.

그러나 여전히 그의 머리는 복잡했다.

정체불명의 세력도 세력이지만 구룡 중 여섯이 당했다.

그 말은 달리 말하면 명문세가나 대문파에 당당히 선전포고를 한 것이나 마찬가지였다.

'현재 이만한 세력이 있나?'

중원무림에서 구파일방과 오대세가가 지니는 위상과 영향력은 압도적이었다.

또한 현재 중원을 지배하는 건 정도무림이었다.

그렇기에 당연히 마도나 사도의 힘은 약할 수밖에 없었다.

한데 마른하늘에 날벼락처럼 정체불명의 세력이 등장하자 이춘상은 믿을 수가 없었다.

"나도 알아보마. 이런 사태가 벌어진 걸 장문사형께서도 모르지 않을 테니."

"난 잠깐 내려갔다 오마. 아무래도 직접 알아봐야겠어."

"그래."

이춘상이 곧바로 몸을 돌렸다.

여기서 얻을 수 있는 정보는 한정적일 수밖에 없었다.

그리고 모든 내용을 이 작은 종이에 담을 수 없기에 이춘상은 직접 움직이기로 결정을 내렸다.

"나도 가 봐야겠군."

구룡 중 여섯이 죽거나 폐인이 되었다.

이 자체로도 충격적인 소식이지만 더 큰 문제는 당한 여섯의 소속이었다.

각 파와 가문을 대표하는 후기지수들인 만큼 파장이 어마어마할 게 분명했다.

게다가 구룡을 노렸다는 건 다른 한 가지도 뜻했다.

명견에게만 이 소식을 대략적으로 알린 유하성은 곧바로 장문인의 집무실로 향했다.

아무래도 가장 최근의 소식은 장문인인 무율이 알고 있을 것 같아서였다.

그리고 역시나 예상했던 대로 집무실에는 현재 무당산에 있는 장로들이 전부 모여 있었다.

"사제로군."

"여기도 정신없군요."

"소식을 들은 모양이야."

"예. 원일과 검룡, 현룡을 제외하고는 전부 당했다고 들었습니다."

무율이 고개를 끄덕였다.

그가 알고 있는 것 또한 마찬가지여서였다.

게다가 유하성의 곁에는 개방의 후개인 이춘상이 함께 있는 만큼 다른 이들보다 소식이 빠를 수밖에 없었다.

"맞네. 아직 다른 제자들에게는 알리지 않았지만, 곧 알려지겠지."

"어디입니까?"

"아직 나도 모른다네. 다만 한 가지 확실하게 말해 줄 수 있는 건 곧 어떻게든 밝혀질 거라는 점이지."

"당한 곳에서 가만히 있지 않을 테니까요."

유하성의 말에 무율이 고개를 끄덕였다.

자신도 충격이지만 직접적인 피해를 입은 이들만큼은 절대 아니었다.

그러니 원한을 갚기 위해서라도 여섯 곳이 기를 쓰고 정체불명의 세력을 찾을 것이었다.

"그렇지. 근데 너무 다들 거기에만 집중하고 있어. 신경 쓸 게 하나 더 있는데 말이지."

"아직 구룡 중 세 명이 남아 있으니까요. 그 셋도 머지않아 노리겠죠."

"맞네. 그래서 나 역시 그쪽으로 파 볼 생각이네. 남아 있는 셋 중 원일이 이곳에 있으니까."

"위험하지 않겠습니까?"

"여기는 무당이네."

무율이 자신만만하게 웃었다.

다른 곳이라면 모를까 제자인 원일이 있는 곳은 무당산이었다.

그리고 무율은 단순히 원일을 미끼로 사용하려는 것이 아니었다.

그럴 마음도 없었고, 그래서도 안 되었다.

"역으로 이용하실 생각이시군요."

"원일을 분명히 노릴 테니까. 검룡이 무사한 것도 남궁가주가 있어서일 테니."

다른 구룡들과 달리 검룡 남궁준은 부친이자 남궁세가의 주인인 검제와 함께 움직였다.

그래서인지 남궁세가 쪽은 습격을 받지 않았다.

검제를 상대할 수 있는 고수가 없어서 그런 것일 수도 있지만 유하성이 생각하기에 그럴 가능성은 희박했다.

애초에 감당할 자신이 없었다면 이렇게 한꺼번에 구룡을 노리지 않았을 터였다.

"어느 쪽이든 움직이긴 할 겁니다."

"그럴 테지."

"이렇게 갑자기 전쟁이 발발할 줄은 몰랐는데 말이죠."

"평화가 길기는 했지."

정신 사납게 움직이는 장로들과 달리 무율은 의외로 차분했다.

달이 차면 기우는 것처럼 세상의 이치 역시 마찬가지였다.

더욱이 평화로운 시기만큼 힘을 비축하기에 좋은 때도 없었다.

그래서 몇몇 곳들은 오히려 지금의 상황을 기꺼워했다.

'폐인이 되었다는 건 후계자가 사라졌다는 뜻이기도 하니까.'

무율의 두 눈이 날카롭게 빛났다.

죽일 수 있음에도 정체불명의 세력은 구룡을 죽이지 않았다.

딱 무공만 전폐시키고서 살려 두었다.

이것이 말하는 바는 명백했기에 무율은 상대가 머리를 상당히 잘 썼음을 인정할 수밖에 없었다.

"기회라 생각하는 이들이 있겠군요."

"단순히 구룡만 당한 게 아니니까. 같이 있던 일행들은 전부 죽었어. 그러니 전력이 크게는 아니더라도 소실된 건 사실이니."

"어쩌면 적은 가까운 곳에 있을지도 모르겠습니다."

정도를 표방한다고 해서 은원이 없는 건 아니었다.

오히려 온갖 이해관계가 얽혀 있는 만큼 크고 작은 충돌이 많았다.

때로는 서로 멸문을 시킬 기세로 싸우기도 했고 말이다.

그런 만큼 정체불명의 세력이 꼭 외부나 비밀스러운 조직일 거라고 섣불리 판단하는 건 옳지 않았다.

"모든 가능성은 열어 둬야지. 지금으로서는 확실한 게 아무것도 없으니까. 이런 유의 문제는 신중하게 접근해야 해."

"맞습니다."

"그러니 사제도 조심하도록 하게. 어쩌면 구룡 다음에 사제일 수도 있으니."

"알겠습니다."

무율의 말마따나 현재는 모든 가능성을 열어 두어야 했다.

그렇기에 유하성은 고개를 주억거렸다.

"따로 알아낸 게 있으면 알려 주겠네."

"예."

유하성은 자리에서 일어났다.

원하는 것들을 들었으니 자리를 피해 주기 위해서였다.

가뜩이나 정신없는 상황인데 그마저 방해하면 안 되었기에 유하성은 집무실을 나섰다.

구룡이 당한 소식이 연구동에도 전해졌다.

그래서인지 분위기가 상당히 침체되었다.

특히 원일이 받은 충격이 커 보였다.

아무래도 구룡의 일인이었기에 다른 이들과 친분이 깊을 수밖에 없을 터였다.

"그럴 수가……."

"음."

충격을 받은 표정으로 원일이 말을 잇지 못할 때 원상과 원호도 놀란 표정을 지었다.

습격은 정말 생각지도 못한 일이었기 때문이다.

구룡은 한 명 한 명의 실력도 실력이지만 다들 하나같이 배경이 대단했다.

그런데도 현룡을 제외하고는 전부 죽이거나 폐인으로 만들었다는 말에 세 사람은 마른침을 삼켰다.

"알아낸 건 있어?"

유하성의 시선이 이춘상에게로 향했다.

무당파도 속가제자들이 세운 문파들과 표국들이 있는 만큼 나름의 정보망이 있으나 개방에 비할 바는 아니었다.

더욱이 이춘상은 개방의 후개였기에 마음먹고 알아본다면 무율보다 더 많은 걸 알아냈을 터였다.

"구룡이 속해 있는 문파들과 가문들이 기를 쓰고 조사하는 중이라 꽤 많은 정보들이 모이고 있는데 아직 확실한 건 없어. 다만 몇 가지 밝혀진 게 있는데 이 녀석들 하나의 세력이 아냐. 아무래도 연합인 것 같아."

"그렇게 생각한 이유가 있겠지?"

"일단 사천당가를 공격한 무리는 독을 사용했어. 독으로 유명한 사천당가를 똑같이 독을 사용해서 이기겠다는 거지. 결과적으로는 성공했고."

"독룡은 어떻게 됐어?"

"정신을 차리자마자 자살했다."

회의실에 모여 있던 명견을 비롯해서 몇몇 노도사들이 눈을 감았다.

무공이 전폐된 고통을 누구보다 잘 알아서였다.

평생을 쌓아 온 무공을 잃는 상실감에 대해 너무나 잘 알았기에 다들 입을 열지 못했다.

"결국 그런 선택을 했나."

"자긍심이 높은 만큼 모든 걸 잃었다는 걸 견딜 수가 없었겠지. 나 역시 이해하고."

"흐음."

유하성이 무겁게 고개를 끄덕였다.

사부인 명운의 몸을 봤기에 유하성 역시 무공을 잃는 고통에 대해서는 꽤 잘 아는 편이었다.

그리고 한때 자신도 그렇게 되면 어떻게 해야 하나 진지하게 고민했던 적도 있었고.

지금의 결과는 운도 상당 부분 차지했기에 유하성은 사천당가의 소가주가 내린 결정을 충분히 이해할 수 있었다.

"하지만 그건 소가주의 결정이고 사천당가의 입장은 다르지."

"쥐 잡듯이 뒤지고 있겠군."

"맞아. 난리도 아냐. 그래서 지금 사천성의 분위기는 살벌해. 청성파와 아미파도 사천당가의 성향을 아니까 별말을 안하고. 여기서 중요한 건 독룡이 독에 당했다는 거야. 다른 일행들도 마찬가지고. 보통은 화골산으로 흔적을 지우는데 이 녀석들은 배짱이 두둑해. 일부러 연구라도 해 보라는 듯이 시체를 남겨 두었어."

"일종의 선전포고로군요."

원일의 눈빛이 무거워졌다.

독룡의 죽음은 안타까웠지만 과거보다는 현재가 중요할 수밖에 없었다.

그렇기에 원일은 슬픔을 가슴속에 묻으며 입을 열었다.

"선전포고지. 대놓고 도발한 거니까. 연구를 하고 해독약을 만들어도 우리의 상대는 아니라는 뜻이니까. 그리고 내가 연합이라고 말한 건 벽력문이 나타나서야."

"벽력문이라고 하면, 아주 오래전 화탄을 만들던 곳 아니었나?"

"네가 기억하는 게 맞아."

"잠깐 명성을 떨쳤다가 멸문한 것으로 알고 있는데."

유하성의 말에 모두가 고개를 주억거렸다.

그들이 알고 있는 것도 이와 같아서였다.

"정확하게는 마지막 벽력문주가 무인을 무시하는 발언을 대놓고 하는 바람에 자멸했지. 적을 일부러 만들어서 망한 경우라고 할까."

"그런데 명맥이 은밀하게 이어지고 있었나 보군."

"그럴 수도 있고, 아닐 수도 있지. 벽력문의 비기를 누군가 운 좋게 얻었을 수도 있으니까. 기연이라는 게 실제로 존재하잖아?"

"그렇지."

말로는 설명할 수 없는 기적과도 같은 일이 중원 전체로 보면 의외로 심심찮게 벌어졌다.

그렇기에 이춘상의 추측도 가능성은 있었다.

"독을 사용하는 문파, 그리고 벽력문에 녹림십팔채와 수로채도 한패인 거 같아."

"수로채는 세 군데가 있지 않나?"

"일단 한 곳이 아닐까 의심하는 중인데, 최악의 상황도 가정하고 있어. 장강수로채, 황하수로채, 동정수로채가 하나로 뭉쳤을지도 모른다고."

"그게 가능한가?"

"구룡을 대놓고 습격했는데 세 개의 수로채가 연합하지 말란 법은 없지."

말 그대로 가능성일 뿐이었다.

충성심이나 협동심과는 거리가 먼 이들이 바로 수적과 산적 들이었기에 유하성은 세 개의 수로채가 연합했을 가능성은 희박하다고 생각했다.

그러나 반대로 확신하지도 못했다.

무슨 일이 벌어질지 모르는 게 세상이었기에 단언하는 건 좋지 않았다.

"하긴. 구룡이 습격당하고 벽력문이 나타났는데 세 곳이 연합하지 말란 법은 없지."

"그동안 너무 평화에 찌들기도 하고. 솔직히 말해 평화가 길었지. 다들 너무 안일하기도 했고."

전쟁 직후였다면 호위 병력을 이렇게 소규모로 하지는 않았을 터였다.

더욱이 용봉회에 참석한 후기지수들은 하나같이 추후 문파와 가문을 이을 존재들이었다.

물론 스스로의 무공에 자신이 있었겠지만 이건 자부심과는 거리가 있었다.

대비를 했느냐, 안 했느냐의 문제였다.

"너도 조심해야 하고."

"그건 피차일반이지."
"맞아."
유하성이 순순히 고개를 끄덕였다.
강한 건 사실이지만 그는 천하제일인이 아니었다.
또한 칼에 심장이나 머리가 찔리면 죽는 건 똑같았다.
"그리고 조사 중이긴 한데 호남성에서 이상한 낌새가 보이고 있어."
"호남성에서?"
"응. 정체를 알 수 없는 무리들이 속속 모여들고 있어. 별거 아닐 수도 있지만 지금 분위기가 워낙에 흉흉하니까. 사소한 것도 신경 쓸 수밖에 없지."
"고생이 많네."
유하성이 진심을 담아 말했다.
짧은 시간에 이춘상이 알아 온 게 많아서였다.
게다가 이춘상이나 개방이 이런 정보들을 그에게 꼭 알려 줄 이유는 없었다.
그런데도 이렇게 알려 준다는 건 딱 하나, 친구이기 때문일 터였다.
"이 정도 가지고 뭘. 낯간지럽다, 야. 극비사항도 아니고 무당파도 금방 알게 될 것들인데."
"이렇게 취합하는 게 쉬운 일은 아니니까."
"야, 우리가 남이냐? 개방과 무당파는 단 한 번도 싸운 적

없어. 구파일방 중 우리와 문제가 없었던 두 문파가 바로 소림사와 무당파다."

"그랬나?"

유하성이 고개를 갸웃거렸다.

무당파의 제자이기는 하지만 이런 기록들까지 세세하게 알지는 못했다.

워낙에 무당파의 역사가 길기도 했고 말이다.

"그리고 이거 공짜 아니다. 다 빚이야. 나중에 네가 갚아야 해. 아니면 너희들이."

"하하하."

이춘상이 부리부리한 눈으로 앉아 있는 원일과 원상, 원호를 차례대로 쳐다봤다.

나중에 어떻게든 받아 내겠다는 눈빛에 세 사람이 본능적으로 움찔거렸다.

"순수한 호의는 아니라는 건가."

"세상에 공짜는 없는 법이지."

"알았다. 내가 책임지마."

"저희도 함께 책임지겠습니다."

유하성의 말에 원일이 입을 열었다.

다 같이 도움을 받았는데 유하성만 책임을 지는 건 옳지 않다고 생각해서였다.

그리고 그건 연구동의 사람들도 마찬가지인지 고개를 끄

덕였다.

"우선은 내가."

"좋았어. 일단 하나 받고."

"대신 앞으로도 잘 부탁해."

"나중에 나 말고 우리 개방도들 도와줄 일이 있으면 좀 도와줘."

"알았어."

유하성이 고개를 끄덕였다.

굳이 이춘상의 말이 아니더라도 그럴 생각이었다.

어려운 상황에 처한 이를 도와주는 건 백도의 무인으로서, 무당의 제자로서 당연했다.

구룡의 습격으로 인해 중원무림이 요동치는 것과 달리 유하성의 거처는 아직 조용했다.

다들 바삐 움직이고 있었지만 정작 유하성이 할 일은 달라지지 않아서였다.

강호에는 풍운이 일어나고 있었으나 유하성은 정세에 신경 쓰기보다 자신이 할 일에 집중했다.

당장 이리저리 움직인다고 해서 상황이 달라지는 건 없었기에 유하성은 하던 일을 계속했다.

"흐음."

그러던 와중에 서신이 두 개 도착했다.

각각 금와장과 제갈세가에서 온 것이었다.

"두 곳에서의 서신이라."

책상 위에 놓인 두 개의 서신을 내려다보며 유하성이 묘한 표정을 지었다.

누가 보낸 것인지 겉으로만 봐서는 알 수 없었으나 짐작은 갔다.

그렇기에 유하성은 오묘한 얼굴로 턱을 쓰다듬었다.

태어나서 여인에게 서신을 받아 본 건 처음이었기에 가슴에서 기이한 감정이 일었다.

"일단 볼까."

이춘상이 있었다면 온갖 호들갑을 떨며 말도 안 되는 상상과 추측을 떠들어 댔을 터였다.

그렇기에 유하성은 서둘러 밀봉되어 있는 서신을 뜯었다.

이춘상이 오기 전에 서신을 확인할 생각이었다.

스르륵.

두 개의 서신 중 유하성의 선택을 받은 건 금와장에서 온 것이었다.

아무래도 제갈세가보다는 금와장이 조금은 더 편해서였다.

그런데 금와장에서 보낸 것치고는 상당히 평범했다.

금와장의 이름값을 생각하면 화려하게 밀봉했을 것 같은데 말이다.

"음."

역시 예상했던 대로 서신은 황주연에게서 온 것이었다.

걱정 섞인 내용과 더불어 현재 강호 정세에 대해 꽤나 상세하게 적혀 있는 모습에 유하성이 살짝 놀랐다.

금와장의 정보력이 대단하다고는 들었으나 이 정도일 줄은 몰라서였다.

이춘상도 알아내지 못한 내용이 서신에 담겨 있었다.

"번천회라."

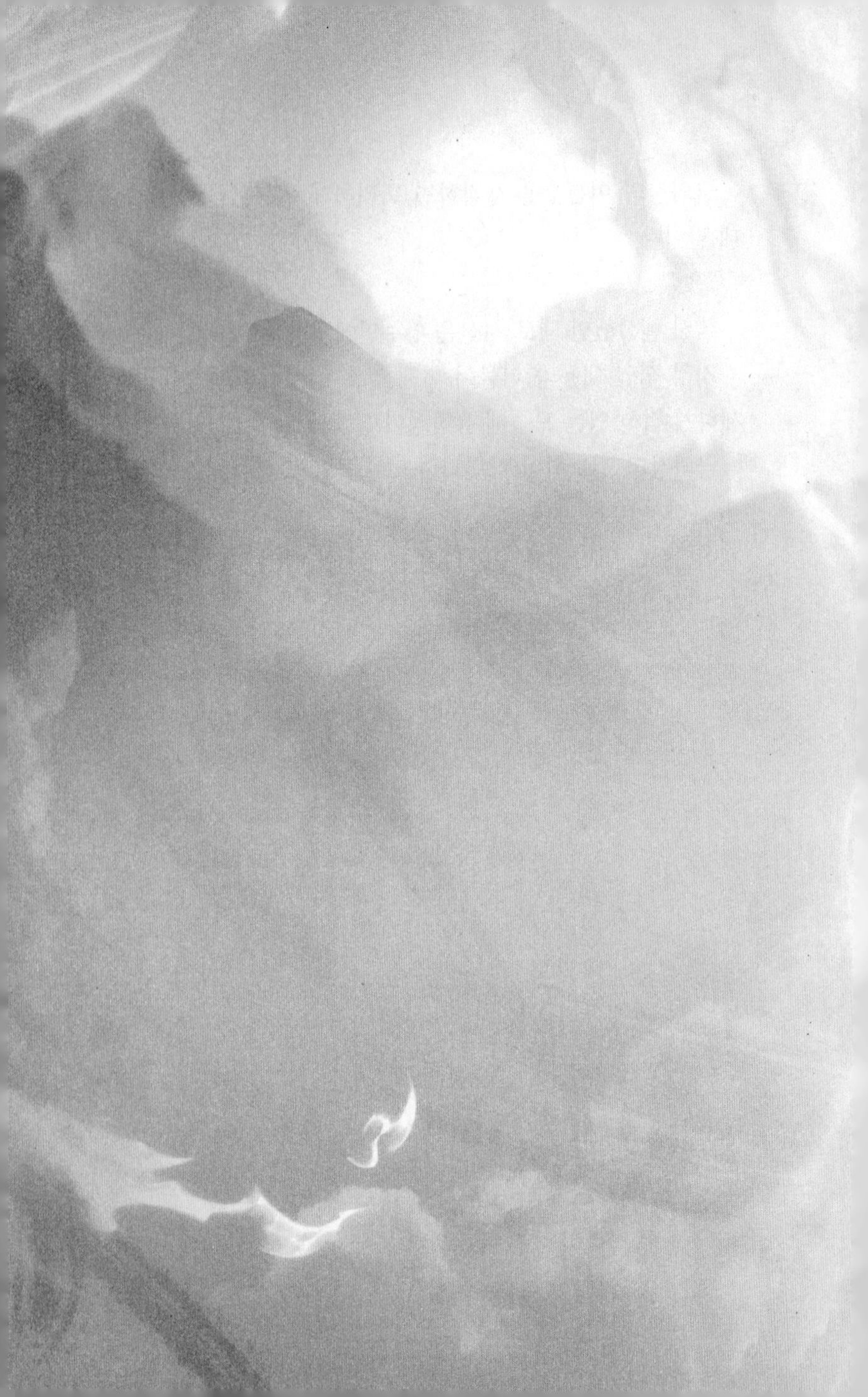

제28장 또 내버려 두실 겁니까?

유하성의 두 눈이 가라앉았다.

번천회라는 이름에서 저들의 목표가 무엇인지 짐작할 수 있어서였다.

동시에 어째서 구룡들을 노렸는지도 알 수 있었다.

지이익.

황주연이 보낸 서신을 다 읽은 유하성은 제갈세가에 온 걸 집어 들었다.

역시나 그의 예상대로 제갈세가에서 그에게 보낸 이는 제갈령령이었다.

용봉회 때 그를 찾아와 했던 말이 절대 빈말이 아니라는 듯이 제갈령령 또한 제갈세가가 알아낸 것들에 대해서 알려 주었다.

그러면서 중간중간 자신의 매력을 드러내는 것도 잊지 않았다.

"참나."

언뜻 무거워질 수 있는 내용이 중간중간에 들어가 있는 제갈령령의 농담으로 상쇄되었다.

그러면서 마지막으로 유하성에 대해 걱정하는 것도 잊지 않았다.

더불어 제갈세가의 저력에 대해서 자랑도 했다.

모두가 위기라고 할 때 그걸 기회로 삼는 이도 있다면서 말이다.

"쉽게 포기할 생각은 없나 보네."

유하성은 제갈령령의 말을 허투루 듣지 않았다.

습격을 받은 구룡 중에 유일하게 무사히 위기를 피한 이가 현룡 제갈성이었다.

누구는 명문세가의 소가주로서 자존심도 없는 겁쟁이라 말했으나 유하성의 생각은 달랐다.

사지인 게 뻔히 보이는데 굳이 들어갈 필요는 없었다.

용기와 만용은 엄연히 구분해야 했다.

또한 제갈성은 소가주로서 가솔들을 지켜야 할 의무도 있었다.

타다다닷!

그때 활짝 열어 둔 창문 너머에서 다급한 뜀박질 소리가 들려왔다.

익숙한 기척이었는데 평소와는 다르게 조금 무거운 느낌이었다.

무언가를 들고 있는 듯한 기척에 유하성이 창문으로 고개를 돌렸다가 두 눈을 부릅떴다.

황급히 달려오는 원상과 원호의 등에 업힌, 상처투성이의 모습을 한 익숙한 두 명의 모습이 보여서였다.

"사, 사숙님!"

"두 사람이 왜 여기에?!"

유하성이 자리에서 벌떡 일어나서는 곧바로 달려갔다.

그러자 원상과 원호가 업고 있던 두 사람을 조심스럽게 내려놓았다.

다행히 둘 다 호흡은 하고 있었다.

언제 끊어져도 이상하지 않을 정도로 희박하기는 했지만.

"산문에 쓰러져 있는 걸 제가 우연히 발견했습니다."

"의원은?"

"곧 올 겁니다. 우선은 사숙님께 보여 드려야 할 것 같아서."

원상의 빠른 조치에 유하성이 안도의 한숨을 내쉬었다.

그러면서도 손은 빠르게 백현승의 몸 곳곳을 눌렀다.

자신의 손으로 다시 한번 지혈을 하려는 것이었다.

그러다가 곽두일을 보고는 움찔거렸다.

"……이미 늦은 것 같습니다. 처음 봤을 때 주변은 물론이고 몸 곳곳을 살펴봤는데 잘린 부위는 없었습니다. 미처 챙기지 못한 모양입니다."

원상이 딱딱하게 굳은 얼굴로 입을 열었다.

옆에 있던 원호는 두 눈을 질끈 감았다.

검객에게 있어 오른팔이 어떤 의미인지 모르지 않았기에 비통한 표정을 지었다.

부르르르.

그리고 그 마음은 유하성도 마찬가지였다.

비록 그는 검객이 아니었으나 같은 무인이었다.

만약 자신이 한 팔을 잃게 되면 어찌 되는지 너무나 잘 알았기에 유하성은 흔들리는 눈으로 텅 비어 있는 곽두일의 오른쪽 어깨에 손을 뻗었다.

하지만 차마 피로 젖어 있는 상처 부위를 확인하지는 못했다.

"……누구냐?"

"오기 전에 이대제자들에게 말해 놓았습니다. 최대한 빨리 대청표국에 대해 알아보라고요. 아마 정리되는 대로 알려 줄 겁니다."

유하성의 눈동자에 살기가 감돌았다.

정도 정이지만 백현승은 명운의 핏줄이었다.

그런데 복건성 복주에 있어야 할 백현승이 피투성이가 되어 이곳에 찾아왔다는 건 오직 한 가지만을 뜻했다.

그렇기에 유하성은 분노가 치솟았으나 가까스로 억눌렀다.

"춘상이는?"

"균현에 내려갔습니다."

"둘을 부탁한다."

"예."

멀리서 헐레벌떡 달려오는 의원을 확인한 유하성이 원상과 원호에게 둘을 맡겼다.

다른 이라면 모를까 두 사람은 믿을 수 있었다.

대청표국에서 함께 생활했던 만큼 백현승과 곽두일과 안면도 있었고.

그래서 유하성은 망설이지 않고 몸을 날렸다.

"으음……."

귀로 미약한 신음 소리가 들렸다.

바로 자신의 입에서 흘러나온 소리였다.

그런데 그 소리를 듣자 백현승은 웃음이 나왔다.

신음 소리를 낼 수 있다는 건 달리 말하면 아직 살아 있다는 뜻이어서였다.

'누, 눈이 왜 안 떠지지?'

하지만 기쁜 마음은 잠깐뿐이었다.

당연히 떠져야 할 눈이, 정확하게는 눈꺼풀이 움직이지 않았다.

그리고 그건 온몸이 마찬가지였다.

마치 마비라도 된 것처럼 손가락 하나 까딱할 수 없자 백현승은 불안감이 엄습했다.

'혹시, 설마 시각을 잃은 건가?! 그런 건가?!'

온몸이 떨리기 시작했다.

복수를 해야 하는 자신이 맹인이 된 걸 인정할 수 없어서였다.

게다가 여전히 전신이 움직이지 않았기에 백현승은 엄청난 공포를 느꼈다.

'안 돼! 그럴 수 없어! 나는 복수해야 한다고!'

백현승이 부르짖었다.

하지만 그의 간절한 외침은 도무지 입 밖으로 나올 생각을 하지 않았다.

아무리 기를 쓰고 악을 써도 메마른 신음 소리만 들렸다.

그러나 청각이 멀쩡하단 사실은 그에게 위로가 되어 주지 못했다.

"얌전히 있어. 잘 감아 놓은 붕대 풀어질라. 우선 물부터 마셔라."

흠칫!

익숙한 목소리에, 아니 너무나 듣고 싶었던 음성에 백현승은 순간 울컥했다.

동시에 안도감을 느꼈다.

움직이지 않는 몸과 나오지 않는 목소리, 거기다 눈까지 뜰 수 없는 상황이었지만 그보다 더 두려웠던 건 유하성과 만나지 못하는 것이었다.

그런데 다행히 잘 도착한 모양이었다.

"으음!"

눈물이 솟구치는 걸 느낄 때 그의 건조한 입안으로 미지근한 물이 들어왔다.

혹시나 찬물이 속에 좋지 않을까 싶어 일부러 체내에 흡수되기 편하도록 물을 미지근하게 만든 것이었다.

꿀꺽꿀꺽!

지금의 그가 딱 마시기 적당한 양으로 들어오는 물을 백현승은 거부하지 않고 마셨다.

그러자 신기하게도 식도부터 내장까지 물이 흘러가는 게 감각으로 느껴졌다.

"이젠 눈을 뜰 수 있을 거다."

"아."

미지근하지만 이상하게 시원하게 느껴지는 물을 한껏 들

이견 백현승이 잠시 잊고 있던 사실을 깨달으며 천천히 눈꺼풀을 올렸다.

이번에는 제발 눈이 떠지기를 바라면서 말이다.

"좀 전에는 기력이 달려서 그랬을 거다. 며칠 동안 제대로 먹지도, 마시지도 못한 상태였으니까."

"혀, 형님."

"그래. 고생했다."

"크흑!"

눈을 뜨기는 했으나 몸을 일으키는 건 무리였다.

일단 온몸에 붕대가 감겨져 있기도 했고 힘도 없었다.

빈속에 물만 들어간 상태였기에 백현승이 할 수 있는 건 우는 것밖에 없었다.

그래서인지 서서히 잡히기 시작한 초점이 다시 흐릿해졌다.

"정말 고생했다. 그리고 고맙다. 살아 있어 줘서."

"끄헝헝!"

백현승이 대성통곡을 했다.

그간의 슬픔과 괴로움, 자책감을 모두 다 쏟아 내듯이 말이다.

그 모습에 유하성은 말없이 손을 잡아 주었다.

무슨 말을 해도 지금의 백현승에게는 위로가 되지 않을 것임을 잘 알아서였다.

"이제 좀 진정이 되었느냐?"

"……네. 죄송해요. 만나자마자 울기만 해서."

"뭐가 미안해. 그럴 수밖에 없다는 걸 아는데. 지금의 네 감정을 내가 다 이해할 수 있는 것도 아니고."

"끄윽!"

다시 감정이 격해졌는지 눈가에 눈물이 고였다.

그렇게 울었음에도 아직 나올 눈물이 있는 모양이었다.

어쩌면 아까 마신 물이 죄다 눈물로 나온 걸지도 몰랐다.

"대청표국에 대한 소식은 들었다."

"벌써 여기까지 알려졌어요?"

"아니. 춘상이에게 부탁했어. 네가 정신을 잃은 동안 알아봐 줘서 알았다."

"아참. 곽 표두님은요? 곽 표두님은 괜찮으세요?"

뒤늦게 곽두일을 떠올린 백현승이 몸을 들썩였다.

그러나 이내 전신에서 느껴지는 고통에 얼굴을 잔뜩 일그러뜨렸다.

"곽 표두님도 너와 같이 치료를 받고 있는 중이시다. 다만 팔은 의원도 어쩔 수 없다고 하더구나."

"그렇겠죠."

백현승의 얼굴이 어두워졌다.

죽는 것에 비하면 그래도 살아남았으니 다행이라고 생각할 수 있겠지만 곽두일이 잃은 건 오른팔이었다.

검객에게 있어 심장, 단전과 비견되는 오른팔이었기에 백현승은 참담한 표정을 지었다.

그리고 그를 지키려다 죽어 간 표사들의 얼굴도 머릿속에 떠올랐다.

"몸이 회복될 때까지만 슬퍼해라. 완전히 회복될 때까지 네가 할 수 있는 건 그것밖에 없으니까. 대신 몸이 다 회복되면 모두의 의지를 짊어져야 한다."

"……다시 일으켜 세울 거예요. 그리고 다시 지은 터에 모두의 위패를 만들 거예요. 비록 시신은 구하지 못하겠지만, 아니. 최대한 구할 수 있는 데까지는 구할 거예요. 그래서 크흑! 모두에게 보여 줄 겁니다. 대청표국이 다시 일어났다고요."

"그래. 나도 도우마."

"감사합니다. 정말 감사합니다."

잠시 멎었던 눈물이 다시 쏟아졌다.

방금 전까지 그렇게 눈물을 흘렸음에도 아직 나올 눈물이 있는지 백현승은 계속 울었다.

그러나 의미는 좀 전과 약간 달랐다.

조금 전에는 슬픔만 담겨 있었다면 지금은 고마움이 담겨 있었다.

믿고는 있었으나 사실 백현승은 걱정했었다.

예전의 유하성이 아니기에, 그리고 시국이 시국이기에 대청표국까지 신경 써 달라는 건 욕심임을 잘 알아서였다.

그런데 유하성은 망설이지 않고 말해 주었다.

"감사하기는. 당연한 거다. 오히려 너무 늦게 알아서 미안하다. 정말 미안하구나."

"아니에요. 이렇게 말씀해 주시는 것만으로도, 너무나 감사한걸요."

유하성은 말없이 백현승의 머리를 쓰다듬었다.

지금 당장 그가 해 줄 수 있는 건 이것밖에 없었다.

하지만 백현승이 다 낫는다면 얘기는 달라졌다.

"우선은 회복하는 것에만 신경 써. 곽 표두님도 의원들이 최선을 다해 치료하고 있으니까. 그리고 내가 나름 생각하고 있는 것도 있으니 너는 앞으로 네가 할 일만 생각하면 된다."

"예, 형님. 아니, 유 공자님."

"뭐야?"

갑자기 호칭을 바꾸자 유하성이 의아한 표정을 지었다.

그런데 백현승의 표정은 진지했다.

"어, 그동안 제가 너무 배분을 생각하지 않고 편하게 말한 거 같아서요. 원호 형도 형이라 부르는데 유 공자님을 형님이라 부르는 건 다들 아닌 것 같다고 해서요."

"엄밀하게 따지면 틀린 말은 아니지. 내 배분이 높은 건 사실이니까. 근데 내가 허락했으니 괜찮아. 배분을 지켜야 하는 건 당연하지만 예외는 얼마든지 있으니까. 그렇다고 네가 예의를 안 지키는 것도 아니고."

"괜찮을까요?"

"정 그러면 사석에서는 편히 해. 공석에서는 깍듯하게 하고. 그럼 되지."

"네!"

백현승이 밝게 대답했다.

그가 형님이라고 부르는 건 살갑게 대하고자 하는 것도 있었지만 그만큼 유하성을 좋아해서였다.

더 친해지고 싶은 마음도 있었고.

그런데 그걸 탐탁지 않게 보는 이들이 있어 알게 모르게 마음고생을 했었는데 이제는 좀 덜어 내도 좋을 듯싶었다.

"우선은 회복부터 생각해. 건강해야 뭘 해도 할 수 있으니까. 한숨 자고 일어나면 미음을 가져다주마."

"예에."

백현승의 목소리가 점차 작아졌다.

수혈을 짚자 잠에 빠져든 것이었다.

그 모습을 잠시 내려다본 유하성은 몸을 일으켰다.

콰아앙!

오랜만에 장문인의 집무실을 찾은 명천이 거칠게 탁상을

내려쳤다.

그 정도로 그는 지금 흥분한 상태였다.

"으음!"

그리고 그건 앞에 앉아 있는 무율 역시 마찬가지였다.

전혀 예상치 못한 사태에 무율은 무거운 침음을 흘렸다.

"내가 그동안 헛살아온 모양이다."

"그렇게 따지면 저의 책임도 있습니다."

"네가 왜 책임이 있느냐. 장문인에 오른 지 얼마나 되었다고."

명천이 으르렁거리듯이 말했다.

그 정도로 그는 지금 극도로 분노한 상태였다.

또한 과거 철혈의 군주라 불리던 시절로 되돌아가 있었다.

"제가 잘 추스르고 다독여야 했는데, 그러지 못했기에 이런 결과가 나왔다고 생각합니다. 일 년 반의 시간은 짧다면 짧고, 길다면 긴 시간이니까요."

"끄응!"

명천과 달리 무율은 차분한 신색이었다.

그 역시 충격을 받은 건 마찬가지였다.

무당파의 역사상 이런 일은 없었으니까.

하지만 여기서 등을 돌린 속가문파들을 다시 돌아서게 하는 건 불가능했다.

"아마 갑자기 변심하지는 않았을 겁니다. 오랜 세월 동안 쌓이고 쌓인 불만이 폭발하지 않았나 생각합니다."

"모두의 잘못이란 말이로구나. 선대까지 포함해서."

"예. 모든 곳이 대청표국과 같지는 않을 테니까요."

무율이 씁쓸하게 말했다.

사람 마음이라는 게 참 가지각색이라는 생각이 들어서였다.

하지만 그렇기에 대청표국이 더욱 도드라져 보였다.

똑똑똑.

"접니다, 장문사형."

그때 집무실에 새로운 방문객이 찾아왔다.

바로 유하성이 연락도 없이 방문했던 것이다.

그러나 집무실의 주인인 무율은 물론이고 명천 또한 이게 무례하다고 생각하지 않았다.

오히려 궁금증이 일었다.

"들어오게나."

"예. 음?"

무율의 허락에 방문을 열고 실내로 들어오던 유하성이 살짝 놀랐다.

방 안에 명천이 있을 줄은 몰라서였다.

"네가 웬일이더냐? 불러도 오지 않을 녀석이."

무율이나 명천이 놀란 게 바로 이 점이었다.

부른다고 쉽게 올 인물이 아닌 게 바로 유하성이었다.

그런데 연락도 없이 대뜸 찾아왔다는 건 그럴 만한 이유가 있다는 걸 뜻했다.

"이유가 있어서요. 그런데 무슨 일 있습니까? 두 분 다 표정이 안 좋으시네요."

"그게 말이다."

"제가 말하겠습니다."

오만 가지 감정이 떠오른 명천을 대신해 무율이 입을 열었다.

번천회에 관한 것이라고는 짐작했는데 문제는 그다음의 내용이었다.

"사실입니까?"

"우리뿐만이 아니네. 다른 구대문파와 오대세가도 비슷한 상황이야. 심지어 명문세가라 불리던 군소세가들도 속속 번천회에 합류하고 있네. 명문세가의 방계들도 마찬가지고."

"으음!"

유하성이 침음을 흘렸다.

생각보다 상황이 심각해서였다.

특히 속가문파들의 이탈이 충격적이었다.

오랜 세월 동안 이어진 인연을 단칼에 끊어 버리고 등을 돌렸다는 말에 유하성의 눈빛이 가라앉았다.

"그보다 사제는 무슨 일인가?"

상황이 심각한데도 무율은 평정심을 잃지 않았다.

오히려 유하성이 찾아온 목적에 대해서 물었다.

"대청표국이 멸문지화를 당했습니다."

"……뭐?"

무율의 설명을 들으며 폭발할 것처럼 씩씩거리던 명천이 순간 멍한 표정을 지었다.

이게 무슨 말인가 싶어서였다.

반면에 무율은 두 눈을 부릅떴다.

"그게 정말인가?"

"예. 소국주인 현승이가 곽 표두와 함께 오늘 오전에 산문에 도착했습니다. 둘 다 다행히 회복 중입니다. 다만 곽 표두가 오른팔을 잃었습니다."

"허어."

무율이 장탄식을 흘렸다.

검객에게 있어 오른팔이 어떤 의미인지는 두말할 필요가 없어서였다.

반면에 명천은 입을 벌린 채 몸을 떨었다.

이제 막 챙겨 주기 시작한 대청표국이 멸문했다고 하자 그는 대로했다.

"……어디냐? 군룡도문이냐? 아니면 군호표국?"

"어디인지가 중요하겠습니까. 어차피 다 쓸어버릴 건데."

"네가 가려고?"

분노를 참지 못하고 온몸을 부들부들 떨던 명천이 순간 깜짝 놀라 반문했다.

말하는 모습을 보니 선포하러 온 것 같아서였다.

"예. 두 사람이 어느 정도 회복되면 복건성으로 갈 생각입니다."

"네 마음을 모르는 건 아니나, 지금은 시기가 좋지 못하다. 구룡을 노린 녀석들이 널 노리지 말란 법이 없어. 그건 후개도 마찬가지고."

"나 역시 사부님과 같은 생각이네."

명천이 한 줄기 이성을 붙잡으며 말을 이었다.

사질의 마음을 모르는 건 아니었다.

하지만 지금은 신중해야 했다.

무율 역시 같은 생각이었고.

"알고 있습니다."

"그럼에도 가겠다는 것이냐?"

"예."

"말려도 가겠구나."

"그럼 이대로 놔두실 생각이십니까? 또 내버려 두실 겁니까?"

명천이 두 눈을 질끈 감았다.

사실 그에게 있어 대청표국은 딱히 인연이 있는 곳은 아니었다.

국주도, 표사들과도 마주친 적이 없었다.

그러나 딱 하나, 명운의 혈족이었기에 절대 그냥 넘어갈 수 없었다.

"절대, 절대 그럴 수 없지. 실수는 한 번이면 족하다. 그리고 무당은 제자를 먼저 버리지 않는다."

두 눈을 감았던 명천이 한 자 한 자 또박또박 말했다.

이미 한 번 실수를 저질렀었다.

그런데 또 똑같은 실수를 반복할 수는 없었다.

그건 명천 스스로가 납득하지 못했다.

"그러니 제가 가겠습니다."

"위험할 수도 있다."

"위험하다고 해서 가족을 버리는 사람은 없습니다."

"녀석."

일말의 망설임도 없이 대답하는 유하성의 모습에 명천이 흡족한 미소를 머금었다.

다른 이라면 믿을 수 없지만 유하성은 달랐다.

걱정은 되지만 누구보다 믿을 수 있는 게 유하성이었다.

더욱이 이 자리에 있는 이 중 유일하게 대청표국에 갔던 이가 유하성이기도 했다.

"혼자는 안 되네. 번천회 때문에 많은 인원은 붙여 주기 힘들겠지만, 그래도 최대한 일대제자들로 붙여 주겠네."

"무리하지 않으셔도 됩니다. 지금 발등에 불이 떨어진 건 번천회도 마찬가지지 않습니까. 특히 구룡을 배출한 곳들이 복수심으로 불타고 있으니 저에게까지 신경 쓰지는 못할 겁니다. 춘상이도 같이 가기로 했고요."

"후개도?"

무율이 살짝 놀란 표정을 지었다.

유하성과 친구 사이인 건 알지만 이건 다른 문제였다.

게다가 위치도 변방이라 할 수 있는 복건성이었기에 무율은 조금 놀랐다.

"예. 저도 없는데 여기 있기도 조금 그렇다면서요."

"그럼 총타로 가야 하는 거 아닌가?"

"저도 그렇게 물었는데 총타는 자기 없어도 잘 굴러간다고 합니다. 자신은 따로 알아볼 게 있다면서요."

"흐음. 혼자보다는 둘이 움직이는 게 낫긴 하지. 우리로서도 든든하고."

유하성에 비해 부족할 뿐이지 이춘상의 실력도 상당했다.

단지 유하성의 옆에 있어서 그렇지.

당장 검룡보다도 더한 실력자가 후개였다.

그리고 그건 달리 말하면 번천회의 표적이 될 가능성이 높다는 뜻이기도 했다.

"당분간은 원일이 혼자 다니지 않게 하는 게 좋을 것 같습니다."

"나도 같은 생각이기는 한데, 이게 무인의 자존심이 걸려 있어서 말이지. 아마 이것 때문에 남궁세가도 골치가 아플 거야. 현재 남아 있는 게 검룡과 현룡, 원일이니까. 현룡이야 무모한 싸움을 하지 않으니 크게 걱정할 필요는 없지만 둘은 다르니까."

장문인이자 사부의 입장에서 원일이 기습을 당하는 것은 막아야 할 일이었다.

정정당당한 대결을 표방한다고 하지만 무율이 생각하기에는 개소리였다.

이미 심리적으로 위축돼 있는 상태에서 정정당당한 대결이 이루어질 수 없으니까.

차라리 혼자 찾아와 비무를 청했다면 이해가 되었을 터였다.

'하지만 그게 아니지. 애초에 목적이 두 개이니까.'

살려 둔 것도 엄밀히 말해 살려 준 게 아니었다.

진짜로 살려 줄 생각이었다면 단전을 파괴하지 않았을 것이다.

그런데도 무공을 전폐했다는 건 보여 주기 위해서였다.

더불어 공포감도 조성하고.

"언제 출발할 생각이더냐?"

"두 사람이 회복되는 걸 보고 움직일 생각입니다. 물론 대놓고 움직일 생각은 없습니다. 굳이 준비할 시간을 줄 필요는 없으니까요. 물론 준비한다고 해도 결과는 달라지지 않겠지만요."

"좋은 생각이다. 필요한 게 있으면 무엇이든 말하거라."

"예."

할 말을 다 했기에 유하성은 자리에서 일어났다.

안 그래도 여러 가지 일로 정신없을 게 분명한 두 사람이었다.

대책 회의도 해야 할 테니 자신은 이쯤에서 피해 주는 게 좋았다.

따로 찾아갈 사람도 있었고.

청정도문이라는 말이 절로 떠오를 정도로 무당산의 산세는 아름다웠다.

멍하니 보고 있으면 마음조차 깨끗하게 씻겨 내려갈 정도로 말이다.

게다가 오늘따라 날씨도 쾌청했다.

하지만 하늘을 올려다보는 곽두일의 마음은 칠흑처럼 어두웠다.

펄럭.

한 줄기 바람이 그의 오른쪽 어깨를 스치고 지나갔다.

그러자 텅 빈 소매가 바람에 거칠게 흔들렸다.

오른팔이 없자 깃발처럼 펄럭인 것이었다.

그 모습을 곽두일은 멍하니 쳐다봤다.

저벅저벅.

공허한 눈으로 텅 비어 있는 오른팔 소매를 쳐다보고 있을 때 뒤에서 발자국 소리가 들렸다.

그러나 곽두일은 들리지 않는지 바람에 따라 이리저리 흔들리는 텅 빈 소매만 응시했다.

"후회되십니까?"

"아, 유 소협."

등 뒤에서 들려오는 익숙한 음성에 곽두일이 퍼뜩 놀라며 몸을 돌렸다.

그런데 아직 몸이 완전히 회복되지 않아서 그런지 휘청거렸다.

"조심하세요. 아직 상처가 다 낫지 않았습니다. 내상도 마찬가지고요."

"감사합니다."

번개같이 다가와 부축해 주는 유하성의 손길에 곽두일이 창백한 안색으로 대답했다.

그러면서 균형을 잡았다.

"곧 적응하실 겁니다."

"그렇겠지요?"

"예."

곽두일이 어색하게 웃었다.

그러나 눈빛에는 회의적인 기색이 서려 있었다.

적응은 하겠지만 딱 거기까지였다.

잃은 오른팔이 돌아오지는 않을 터였다.

"아까 물어보셨지요? 후회하지 않느냐고."

"예."

"저는 후회하지 않습니다. 만약 다시 제 오른팔을 희생하고 소국주님을 살려야 한다면 열 번이고 백 번이고 희생할 수 있습니다. 그게 옳은 일이고, 맞는 일이니까요. 모두가 살리고자 한 소국주님을 살리는 게 백 번 옳은 일입니다. 그리고 냉정하게 말해 다 늙은 저보다는 소국주님의 미래에 거는 게 승률이 더 높지 않겠습니까? 다만 조금 씁쓸할 뿐입니다. 이렇게 저의 인생이 끝나는 거 같아서."

곽두일이 차분하게 말을 이었다.

그런 그의 목소리에는 진심이 서려 있었다.

표사이지만 곽두일은 무인이었다.

비록 대단한 명성을 쌓지는 못했지만 무인으로서의 자긍심은 있었다.

하지만 오른팔과 함께 무인으로서의 그의 인생은 끝이 났다.

물론 죽은 동료들에 비하면 살아남았으니 그것만으로도 감사하게 여겨야 하겠지만 사람 마음이라는 게 꼭 이성적으로만 흘러가지 않았다.

“이대로 포기하실 생각이십니까?”

“아닙니다. 소국주님을 모시고, 아니죠. 이제는 국주님이시죠. 국주님을 모시고 대청표국을 다시 일으켜 세울 겁니다. 제게 남은 시간이 얼마나 있을지는 모르겠지만 그 모든 걸 쏟아부을 생각입니다.”

“현승이에게는 곽 표두님이 필요합니다.”

부르르!

유하성의 말에 곽두일이 몸을 떨었다.

표두라는 호칭에서 유하성이 무엇을 말하는지 알 수 있어서였다.

그러나 그 말에 곽두일은 두려움을 느꼈다.

신체의 균형도 제대로 잡지 못하는 그가, 제대로 뛰지도 못하는 그가 표사로서 할 수 있는 건 없었다.

“물론 꼭 표두가 아니더라도 곽 표두님은 많은 걸 도와주실 수 있으실 겁니다. 하지만 그럼에도 저는 곽 표두님이 대청표국의 대표두가 되어 주셨으면 합니다.”

“……제가 말입니까?”

“예.”

바람에 펄럭이는 오른팔 소매를 쳐다보며 곽두일이 대답했다.

유하성은 그런 그를 똑바로 직시했다.

"죄송합니다. 저는 이제 검을 쥘 수가 없습니다."

곽두일이 울음기가 섞인 목소리로 대답했다.

사실 그는 누구보다 검을 쥐고 싶었다.

하지만 이제는 검을 쥘 수가 없었다.

"정말 그렇습니까?"

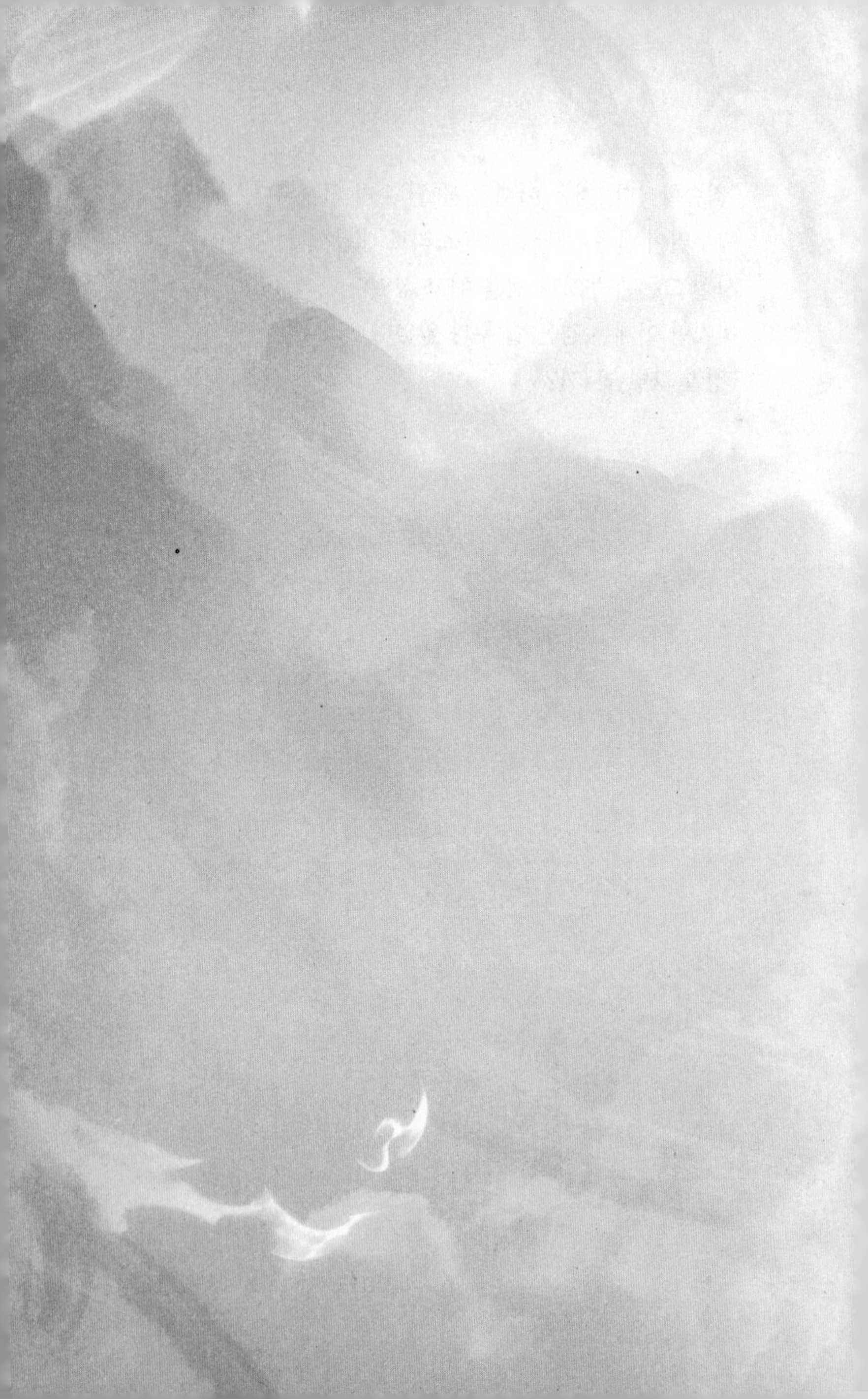

제29장 죄다 부숴 주마

고개를 숙인 채 울먹거리던 곽두일이 유하성을 쳐다봤다.

오른팔이 사라진 걸 알면서 이렇게 묻는 게 이해되지 않아서였다.

그래서 유하성을 쳐다봤는데 눈이 마주치자 곽두일은 몸이 굳어졌다.

그를 바라보는 눈빛이 너무나 진지해서였다.

"다시 묻겠습니다. 정말 검을 쥘 수 없으십니까?"

꿀꺽!

이번에는 곧바로 대답할 수가 없었다.

유하성이 무엇을 묻는지 이제는 알아서였다.

분명히 그는 오른팔을 잃었다.

하지만 아직 왼팔이 남아 있었다.

"……가능할까요?"

곽두일이 반사적으로 왼손을 쥐었다가 폈다가를 반복했다.

평생을 그는 오른손으로 검을 펼쳤다.

물론 위급 상황일 때는 왼손으로 권공이나 장공을 펼치기는 했으나 그건 엄연히 검격을 보조하는 정도였다.

그렇기에 곽두일은 자신이 없었다.

"곽 표두님께서 결정을 내리신다면 제가 도와드리겠습니다. 저도 좌수검은 처음이라 많은 시행착오를 겪겠지만, 제가 함께 하겠습니다. 또한 연구동의 도움도 받을 생각입니다. 무공서고를 뒤져 보면 좌수검으로 펼치는 무공이 있을 겁니다. 그래서 곽 표두님의 결정이 중요합니다."

"해 보겠습니다. 아니, 하겠습니다."

곽두일의 두 눈은 더 이상 흔들리지 않았다.

사실 겁은 났다.

평생 오른손으로 펼쳤던 검을 왼손으로 펼친다는 게 두려울 수밖에 없었다.

모든 걸 처음부터 다시 시작해야 했으니까.

하지만 그 두려움이 아무것도 못 하는 것만큼은 아니었다.

게다가 혼자가 아니라 유하성이 함께해 준다고 했기에 곽두일은 망설이지 않았다.

"저 역시 최선을 다하겠습니다. 그러니 마지막까지 포기하지 말아 주십시오."

"물론입니다. 나이가 많아 제대로 익힐 수 있을지 모르겠으나 제가 먼저 포기하는 일은 없을 겁니다."

꾸우욱!

곽두일이 왼손을 불끈 쥐었다.

지금의 그는 수저를 사용하는 것도 어설펐다.

그렇기에 검은 말도 안 되는 수준일 터였다.

신체적인 균형 역시 비틀린 상태였고.

'하지만 그건 변명에 불과해. 할 수 있으면, 하면 된다.'

곽두일의 두 눈에서 시퍼런 귀광이 번뜩였다.

방금 전까지만 해도 그는 짙은 안개 속에서 하나의 길만 희미하게 보이는 느낌이었다.

그러나 지금은 달랐다.

희미하게 보이는 길 대신 안개 속으로 들어갔다.

"우선은 회복과 균형을 잡는 것에 집중해 주세요. 그동안 저는 좌수검에 대한 무공을 찾아보겠습니다."

"감사합니다. 정말 감사합니다."

"아닙니다. 저야말로 마지막까지 현승이를 지켜 주셔서 감사합니다. 만약 현승이마저 잘못되었다면 저는……."

유하성의 목소리가 먹먹해졌다.

사부님의 유일한 핏줄이 백현승이었다.

그런 백현승이 죽었다면 유하성은 평생 동안 한을 품고 살며 명운에게 사죄해야 했을 터였다.

때문에 고마운 건 오히려 유하성이었다.

"저는 당연히 해야 할 일을 한 것뿐입니다."

"저도 당연히 해야 하는 일을 하려는 것이니 너무 고마워하시지 않아도 됩니다."

"허허허."

무당산에 도착한 이후 곽두일이 처음으로 웃었다.

짧은 사이에 마음을 추스른 것이었다.

더불어 두 눈이 뜨겁게 타올랐다.

"혹시나 해서 말씀드립니다만, 무리하지 마세요. 회복이 먼저입니다. 어중간하게 회복된 상태는 오히려 독이 됩니다. 그리고 복건성에 갈 예정입니다."

"바로 가는 겁니까?"

"예. 곽 표두님과 현승이가 몸을 운신할 정도로 회복되면 바로 출발할 생각입니다."

"알겠습니다. 회복을 최우선으로 생각하겠습니다."

곽두일이 고개를 끄덕였다.

이렇게 빨리 움직일 거라고는 예상하지 못했지만 그로서는 이보다 더 좋은 일이 없었다.

더욱이 유하성이 직접 간다고 했기에 곽두일은 기대하는 표정을 지었다.

"오늘은 이만 돌아가시죠."

"예."

이곳으로 왔을 때와는 전혀 다른 얼굴로 곽두일이 유하성을 따라 몸을 돌렸다.

그런 그의 발걸음에는 힘이 넘쳤다.

이른 아침 유하성의 거처로 두 사람이 찾아왔다.

각각 봇짐을 메고서 말이다.

"저희도 함께 가겠습니다."

"저도 남이 아니니까요."

"응?"

꼭두새벽부터 찾아와 느긋하게 따끈한 차를 마시고 있던 이춘상이 눈을 크게 떴다.

떠날 채비를 하고서 찾아온 게 바로 원상과 원호여서였다.

유하성도 두 사람이 찾아올 줄은 몰랐는지 살짝 놀란 표정을 지었다.

"어떻게 알았어?"

"대사형께 들었습니다."

"장문사형이 말했나 보군."

원상의 대답에 유하성이 피식 웃었다.

오늘 떠나는 걸 무율도 알고 있으니 대제자인 원일이 알고 있는 것도 이상하지는 않았다.

게다가 비밀도 아니었고.

"저희도 힘을 보태고 싶습니다."

"대청표국과 모르는 사이도 아니고요."

원상과 원호가 조심스럽게 입을 열었다.

백현승과 곽두일이 함께 간다고 하나 사실상 둘은 전력에 보탬이 전혀 되지 않았다.

몸이 많이 회복되었다고 하나 전투에 참여할 정도는 아니었다.

그렇기에 둘은 자신들이 필요하다고 생각했다.

"맞아. 두 사람이 하성이를 처음 만난 게 대청표국이라고 했지?"

"예."

"첫인상이 완전 싸가지였다고."

"험험!"

원호가 슬그머니 고개를 돌렸다.

그러나 부정하지는 않았다.

스스로 생각하기에도 싸가지없는 천둥벌거숭이가 맞았다.

하지만 그건 과거였고, 지금은 개과천선했다.

"그때에 비하면 사람 됐죠."

"야!"

원호가 버럭 소리를 질렀다.

굳이 그걸 언급할 필요는 없어서였다.

하지만 원호의 일갈에도 원상은 일절 반응하지 않으며 유하성을 바라봤다.

"저도 가고 싶습니다."

"위험해."

"사숙께서도 알고 가시는 것이지 않습니까."

"죽을 수도 있어."

"이미 많은 속가제자들이 죽었습니다."

유하성이 두 눈을 감았다.

그가 분노한 건 대청표국이 멸문한 것도 있지만 대청표국을 돕기 위해 모였던 속가제자들이 죽은 것도 한몫했다.

원상은 바로 그 점을 짚었다.

무당파의 제자로서 자신 역시 참을 수 없다고 말이다.

"애들이 누굴 닮아서 겁이 없는 거야? 구룡도 죽어 나가는 마당에."

"둘보다는 넷이 낫지 않겠습니까?"

원호가 슬쩍 끼어들었다.

"너희 둘이?"

그러나 그 말에 이춘상은 콧방귀를 뀌었다.

둘 다 제법 뛰어난 실력을 갖추고 있었으나 자신과 유하성에 비할 바는 아니었다.

"두 분께서 마음 편히 싸우실 수 있도록 현승이와 곽 표두님을 지킬 인원이 필요하다고 생각합니다."

"흐음. 그건 인정."

단순히 인원을 얘기하는 원호와 달리 원상은 다른 방법으로 설득했다.

그리고 그건 확실히 효과적이었다.

최소한 면박은 주지 않았던 것이다.

"또한 본산과의 연락책은 필요하다고 생각합니다. 잡다한 일은 저희가 하겠습니다."

"싸우는 건 자신 있습니다. 저희 둘 다 사부님께 허락도 받았습니다."

"각오가 그렇다면, 좋아."

유하성이 고개를 끄덕였다.

위험해서 그렇지 확실히 도움이 되기는 할 터였다.

한 손보다는 두 손이 나은 법이기도 했고.

거기다 허락까지 받았다니 유하성은 더 이상 고민하지 않았다.

"감사합니다."

"반드시 보탬이 되겠습니다!"

"나야말로 고맙지. 바로 출발하자. 현승이와 곽 표두님도 얼추 준비를 끝냈을 테니."

"길은 나한테 맡겨. 안전하고, 비밀스러우며, 가장 빠른 길을 보여 줄 테니까. 근데 엄청 힘들 거야. 다들 각오 단단히 해."

이춘상이 미리 경고했다.

빠르지만 그만큼 힘겨운 일정이 될 거라고 말이다.

하지만 그 말에 겁을 먹는 이는 없었다.

오히려 빨리 갈 수 있다는 말에 기꺼운 표정을 지었다.

"가자."

유하성이 방을 나서자 이춘상과 원호, 원상이 그 뒤를 따랐다.

잠시 후 백현승, 곽두일과 만난 유하성은 곧바로 출발했다.

이춘상의 호언장담대로 유하성 일행은 정말 말도 안 되는 속도로 복건성 복주에 도착했다.

그렇다고 말을 탄 것도 아니었다.

최대한 은밀하게 이동해야 했기에 마을도 들르지 않고 오직 산길만 달렸다.

한데도 곽두일의 역사상 가장 빠른 시간에 복주에 도착했다.

"허어."

심지어 그와 백현승은 최상의 몸 상태도 아니었는데 말이다.

그런 곽두일의 모습에 피풍의를 입고 있던 이춘상이 거들먹거리듯이 어깨를 으쓱거렸다.

"뭘 이 정도 가지고."

"정말, 정말 대단하십니다. 그런데 이 길, 저희가 사용해도 됩니까?"

복수를 하러 왔음에도 천직은 어쩔 수가 없는지 곽두일이 물었다.

그런데 그 말에 이춘상이 의미심장하게 웃었다.

"사용하는 거야 상관없는데, 마차가 이동하기가 힘들 겁니다."

"아."

곽두일이 아쉬운 표정을 지었다.

확실히 이춘상의 말대로 마차가 지나가기에는 지나치게 길이 험하고 협소했다.

거기다 웬만한 실력자가 아니고서는 안전하게 지나가기도 힘들었다.

하지만 소수 인원으로 할 수 있는 표행이라면 사용하는 게 가능했다.

"우선은 대청표국부터 가 보죠."

복주에 들어서며 유하성이 입을 열었다.

일단은 대청표국을 보는 게 먼저라고 생각해서였다.

자신의 두 눈으로 직접 보고 싶기도 했고 말이다.

"으음!"

길은 익숙했기에 유하성은 일행을 이끌고 곧장 대청표국이 있던 장원으로 향했다.

잠시 후 일행의 눈에 폐허가 된 대청표국의 모습이 눈에 들어왔다.

한낮임에도 귀신이 나올 것 같은 을씨년스러운 분위기에 모두가 멈칫거릴 때 유하성은 묵묵히 발걸음을 옮겼다.

"우리를 보는 시선이 있습니다."

"상관없다."

성큼성큼 들어가는 유하성을 향해 빠르게 주위를 훑어본 원상이 작게 말했다.

하지만 유하성은 전혀 신경 쓰지 않았다.

복주에 들어온 이상 들키는 건 시간문제라고 생각해서였다.

여기서 오래 머물 생각이 없기도 했고.

"아아……!"

그때 유하성을 따라 걷던 백현승이 비명을 질렀다.

과거 국주의 집무실로 사용되던 전각 앞에 장대 세 개가 교차해서 세워져 있었는데 거기에는 효수하듯 하나의 시체가 매달려 있었다.

장대가 각각 목과 양쪽 겨드랑이를 꿰뚫은 채로 말이다.

시일이 상당히 지났는지 얼굴이 썩어 문드러져 누구인지 알아보기 힘들 정도였으나 백현승은 단번에 알아볼 수 있었다.

"구, 국주님."

그리고 그건 옆에 있던 곽두일도 마찬가지였다.

죽었다는 건 소식을 들어서 알고 있었다.

떠날 때 예상하기도 했고.

하지만 이렇게 능욕을 당하고 있을 줄은 몰랐기에 곽두일은 몸을 부들부들 떨며 닭똥 같은 눈물을 흘렸다.

털썩!

시체가 되어서도 치욕을 당하는 백기륭의 모습에 곽두일이 무너지듯 주저앉았다.

백기륭의 시체를 도저히 올려다볼 엄두가 나지 않아서였다.

그건 백현승 역시 마찬가지인 듯 이를 악물고서 엎드렸다.

"이 새끼들이……."

이춘상의 두 눈에 살기가 떠올랐다.

아무리 적이라고 하나 이건 아니었다.

아니, 전장에서도 적장에 대해서는 예우를 지키는 편이었다.

그런데 군룡도문은 그러지 않았다.

퍼퍼펑!

상상도 못 한 광경에 모두가 분노할 때 유하성은 말없이 좌장을 뻗었다.

그러자 시신을 꿰뚫고 있던 장대들이 박살 나며 백기륭이 천천히 떨어졌다.

유하성은 그걸 조심스럽게 받았다.

반 이상 썩은 상태이기에 시신 곳곳에 구더기가 득실거렸지만 유하성은 거리낌 없이 바닥에 천천히 눕혔다.

"정리를 다 한 다음에, 모시겠습니다. 그러니 여기서 지켜보시길."

휘이익!

조심스럽게 백기륭의 시신을 눕힌 유하성은 입고 있던 피풍의를 벗었다.

그러고는 이불을 덮어 주듯 시신 위에 올려놓고는 몸을 돌렸다.

"더 둘러볼 필요는 없겠지?"

"응. 다 끝낸 다음에 정리할 생각이야."

"그게 좋지. 깔끔하고."

이춘상이 고개를 주억거리며 뒤를 돌아봤다.

그러자 눈시울이 붉어진 백현승과 곽두일이 섬뜩한 살기와 광기를 번뜩이며 따라오는 게 보였다.

"저기……."

정문에 다다랐을 때 허름한 복장의 인영 하나가 쭈뼛거리며 다가왔다.

무공을 익히지 않은 평범한 남자였는데 그를 본 이춘상이 고개를 갸웃거렸다.

일행의 반응을 보아하니 아는 이로 보이지는 않아서였다.

하지만 경계하는 시선을 받으면서도 남자는 다가오는 걸 멈추지 않았다.

스윽.

조심스럽게 다가온 남자는 적당한 거리에서 무언가를 내밀었다.

밀봉된 봉투였는데 그걸 본 유하성이 눈을 빛냈다.

남자의 손에 들려 있는 서찰의 봉투가 눈에 익어서였다.

"이걸 보시면 아실 거라고 하셨습니다."

"주고 가시죠."

"예, 그럼."

알아차린 유하성의 눈빛에 남자가 얼굴 가득 안도하는 표정을 지으며 두 손으로 봉투를 내밀었다.

그러고는 곧장 사라졌다.

혹시라도 그를 본 이가 있나 싶어서였다.

"뭐야? 저 사람은 누구고?"

"제갈세가에서 보낸 거다."

"제갈세가?"

이춘상이 두 눈을 껌뻑였다.

그가 알기로는 제갈세가와 유하성은 딱히 접점이 없어서였다.

물론 제갈령령이 추파를 던진 것은 알고 있었으나 여기에서 서신을 주고받을 정도는 아니었다.

"응. 내용은 나도 봐야 알 것 같고."

"얼른 봐 봐."

이춘상이 고개를 들이밀었다.

반보 뒤에 있던 원상과 원호도 은근슬쩍 목을 쭈욱 뺐다.

둘 다 내용이 궁금했던 것이다.

"호오."

"우리가 여기로 오는 동안 조사한 것 같은데. 근데 정보력이 이 정도일 줄이야. 역시 무시 못 할 가문이라니까."

슬쩍 서신을 훔쳐보던 이춘상이 살짝 감탄한 표정을 지었다.

제갈세가의 영역이 아닌데도 상당히 자세하게 조사해서였다.

특히 유하성이 지금 필요로 하는 정보만 콕 짚어서 알아냈다는 점에 이춘상은 감탄했다.

"괜히 명문세가가 아니지."

"확실히 저력이 있는 가문이야. 근데 너에게 진짜 관심 있나 보다. 이 시국에 이렇게나 신경을 쓴 걸 보면. 제갈세가 입장에서는 대청표국이나 복건성의 상황은 크게 중요치 않을 텐데."

"나로서는 나쁘지 않지."

"알지? 세상에 공짜는 없다는 거."

이춘상이 팔꿈치로 옆구리를 찔렀다.

자신이야 친구이니까 이렇게 도와준다지만 제갈세가는 달랐다.

분명히 나중에 이에 상응하는 대가를 원할 터였다.

"당연히 알고 있지."

"흐음. 제갈령령이라."

유하성과 나란히 걸어가며 이춘상이 턱을 쓰다듬었다.

그러면서 옆에 걸어가는 유하성을 게슴츠레 쳐다봤다.

"왜 그래?"

"두 사람이 나란히 서 있는 게 상상이 안 가서. 뭐, 너도 언젠가는 혼인을 하겠지만 상대가 제갈령령이라."

"앞서가지 마라. 지금은 그게 중요한 게 아니니까. 군룡도문만 있는 게 아닐 수도 있으니까."

"훗. 내가 그것도 안 알아봤을까? 적어도 다수가 움직인 흔적은 없어. 만약 움직였다면 소수정예일 거다."

장난스러운 말투와 달리 이춘상의 눈빛은 진지했다.

이번 복건성행은 단순히 친구를 도와주는 게 아니었다.

그의 목숨도 걸려 있기에 이춘상은 길잡이 역할을 하면서도 복건성의 상황에 대해서 계속 파악하고 있었다.

"역시 너도 계획이 있었군."

"……지금의 발언은 기분이 상당히 나쁜데?"

"네가 후개라는 걸 난 항상 인지하고 있다."

"더 기분 나쁜데."

이춘상이 이맛살을 찌푸렸다.

분명 칭찬인데 이상하게 기분이 좋지 않아서였다.

그렇다고 비아냥거리는 건 또 아니었다.

"고맙다고 말하는 거다."

"흐음. 뭐, 좋아. 의도가 그리 순수해 보이지는 않지만 일단은 받아들이지."

찝찝하긴 했으나 지금 중요한 건 이게 아니었다.

그렇기에 이춘상은 고개를 좌우로 꺾으며 목을 풀었다.

언제라도 싸울 수 있도록 말이다.

꽈아앙!

앞장서서 걸어가던 유하성은 군룡도문의 정문이 보이자마자 격공장을 뿌렸다.

아직 거리가 있음에도 격공장으로 정문을 날려 버렸던 것이다.

그 폭발에 정문위사 두 명이 혼비백산하며 안으로 들어갔다.

"역시 알고 있었네."

복건성에서는 손꼽히는 무문이 군룡도문이었다.

그 말은 달리 말하면 찾아오는 방문객들의 숫자가 상당하다는 뜻이었다.

한데 지금은 정문위사 두 명만 달랑 있는 모습에 이춘상이 실소를 흘렸다.

그게 말하는 바는 명백했다.

"아마 대청표국에 들어갔을 때부터 소식을 들었겠지. 예의 주시하고 있었을 테니까."

"우리를 향하던 시선들도 있었고 말이지."

"복주는 군룡도문의 앞마당이나 마찬가지니까."

"역시 병력을 꽤나 끌어모았네."

위풍당당하게 정문을 지나 안으로 들어가자 질서 정연하게 모여 있는 무인들이 눈에 들어왔다.

그 짧은 시간에 모은 것치고는 숫자가 상당했지만 이춘상을 비롯해서 긴장하는 일행은 없었다.

"군호표국도 있습니다."

"다행이네. 일을 두 번 치르지 않아도 되어서."

뒤에 있던 원상의 말에 유하성이 옅게 웃었다.

일부러 대청표국부터 찾아간 보람이 있어서였다.

"정말 끝까지 나를 무시하는구나."

저벅저벅.

군룡도문도들이 갈라지며 익숙한 얼굴이 나타났다.

바로 군룡도문의 문주이자 과거 비무를 했었던 규악중이 얼굴을 드러냈다.

그 뒤로 부문주와 몇몇 익숙한 이들이 나타났는데 그중 둘을 본 유하성이 조금 놀랐다.

생각지도 못한 인물들이 규악중과 함께하고 있어서였다.

"음?"

"어?"

맨 뒤에 있던 백현승과 곽두일도 두 사람을 발견했는지 깜짝 놀란 표정을 지었다.

정말 예상치 못한 여인들이 군룡도문 측에 있어서였다.

스윽.

그런 둘의 시선에 눈이 마주친 설혜상과 설소연이 고개를 숙였다.

특히 설혜상의 눈빛이 매우 복잡했다.

오만 가지 생각이 뒤섞인 눈빛이었다.

이런 식으로 만나고 싶지 않았기에 설혜상은 시선을 피했다.

"무시할 수밖에. 소인배도 하지 않을 짓을 버젓이 저지르는데.”

“네놈 눈에는 이 병력이 보이지 않는 모양이야.”

규악중이 으르렁거리듯이 말했다.

동시에 군룡도문도와 군호표국의 표사들이 일제히 병장기를 뽑았다.

기세로 유하성에게 압박감을 주려는 것이었다.

그러나 결과적으로 그들의 의도는 실패했다.

“토끼들이 아무리 많아 봤자 호랑이를 잡을 수는 없는 법이지.”

“크하하하!”

규악중이 앙천광소를 터트렸다.

자신을 앞에 두고 저딴 소리를 지껄인다는 게 너무나 어이없어서였다.

물론 유하성이 강한 건 잘 알고 있었다.

하지만 숫자 앞에는 장사 없는 법이었다.

“넌 오늘 이 자리에서 죽는다.”

웃음을 뚝 그친 규악중이 선언하듯 말했다.

오만도 오만이지만 그는 예상하고 있었다.

유하성이 이곳에 오리라고 말이다.

물론 저렇게 소수로 올 줄은 몰랐지만 인원이 지금보다 많았다고 한들 달라지는 건 없었다.

“나도 한마디 하지. 스스로 죽여 달라고 해도 넌 죽을 수

없을 거다."

파아앗!

분노한 기색이라고는 전혀 느껴지지 않는 담담한 어조와 함께 유하성이 땅을 박찼다.

어떠한 징조도 없이 튕기듯 쏘아져 나갔던 것이다.

"흥!"

"저도 가세하겠습니다, 형님!"

그러나 규악중은 당황하지 않았다.

언제라도 유하성이 달려들 수 있다고 생각해서였다.

게다가 그는 혼자가 아니었다.

자기보다 강한 상대라는 걸 아는데 혼자 맞서는 건 어리석은 짓이었다.

쌔애액!

규악중의 참격 옆으로 형형하게 빛나는 검강이 가세했다.

바로 의형제인 군호표국주가 힘을 보탠 것이었다.

꽈아아앙!

그런 둘을 향해 유하성은 정권을 뻗었다.

한데 지금까지 펼쳤던 태극권과는 결이 완전히 달랐다.

부드러움과는 거리가 먼 강맹한 기운이 일시에 폭발하며 규악중과 군호표국주의 공격을 단번에 박살 냈다.

"컥!"

"크헉!"

강맹하다 못해 패도적이기까지 한 일격에 두 사람이 동시에 피를 뿜었다.

단 일격에 둘 다 내상을 입은 것이었다.

그뿐만 아니라 다리도 풀렸는지 둘 다 비틀거리며 뒷걸음질 쳤다.

"무, 문주님!"

"국주님!"

그런 두 사람의 모습에 군룡도문도와 표사들이 경악성을 터트렸다.

유하성이 강하다는 건 알았지만 이 정도일 줄은 몰랐던 것이다.

하지만 유하성의 움직임은 끝난 게 아니었다.

덥석!

무시무시한 일권으로 둘을 단숨에 무력화한 유하성은 미끄러지듯이 움직였다.

모두가 놀랄 때 오직 그만은 다음 동작으로 넘어갔던 것이다.

비틀비틀 물러나는 두 사람과의 간격을 순식간에 좁힌 유하성이 단숨에 멱살을 잡았다.

그러고는 곧바로 뒤로 넘겼다.

쿠웅!

"점혈해 놓았으니까 잘 지키고 있어."

"예!"

무기력하게 날아간 규악중과 군호표국주는 정확히 백현승과 곽두일의 앞에 떨어졌다.

일부러 죽이지 않고 딱 제압만 한 것이었다.

거기다 겸사겸사 기선제압도 하고.

"뭣들 하는 것이냐! 문주님을 구해라!"

"공격해! 전부 달려들어!"

"국주님을 구해라!"

뒤늦게 정신을 차린 부문주와 부국주가 버럭 소리를 질렀다.

창졸간에 벌어진 일이었기에 눈 뜨고 코 베이는 것처럼 당했지만 아직 둘 다 살아 있었다.

게다가 숫자는 이쪽이 압도적이었다.

무려 천 명이나 되는 병력이 모여 있는 만큼 군룡도문과 군호표국은 일제히 유하성을 향해 달려들었다.

"오랜만에 몽둥이질 좀 해 볼까."

개떼처럼 우르르 몰려오는 적들을 보며 이춘상이 씨익 웃었다.

그러고는 주변에 아무렇게나 뒹굴고 있는 막대기 하나를 움켜쥐었다.

평상시에는 잘 사용하지 않지만 그렇다고 몽둥이질을 못하는 건 아니었다.

개방도에게 몽둥이질은 기본이었다.

"저희도 나서겠습니다."

"아서라. 너희들의 임무는 두 사람을 지키는 거다. 혹시라도 우리가 놓치는 녀석이 있을지도 모르니까. 그러니 자리를 지켜. 하성이도 그걸 원할 테니까."

쩌어엉! 쩌엉!

"커헉!"

"우웨엑!"

적당한 길이의 몽둥이를 휘휘 저으며 말하던 이춘상이 갑자기 들려오는 비명 소리에 고개를 돌렸다.

그러자 유하성이 지나가는 길마다 피를 토하는 군룡도문도들의 모습이 보였다.

딱히 힘을 쓰는 것 같지 않은데 유하성의 양손이 병기나 몸에 닿을 때마다 군룡도문도들은 하나같이 검게 죽은 피를 토했다.

"……나설 일이 거의 없겠는데?"

파죽지세로 적들을 가로지르는 유하성의 모습에 이춘상이 헛웃음을 흘렸다.

적들에게 포위되었다기보다는 그냥 일인군단이었다.

그 누구도 유하성의 발걸음을 막지 못했다.

심지어 일격일살이었다.

"우선 군룡도문주님과 국주님부터 구해라!"

무시무시한 무위를 뽐내는 유하성의 모습에 군호표국의

부국주는 방향을 틀었다.

유하성을 잡는 것도 중요하지만 그보다 더 중요한 건 규약중과 군호표국주의 안위였다.

내상이 심각해 보이지만 아직 죽은 건 아니었기에 부국주는 이춘상이 있는 곳으로 부하들을 이끌고 진격했다.

"흐음. 결국 난 또 잔챙이들을 상대해야 하나."

"저쪽도 만만치 않은데요."

"근데 주인공은 누가 봐도 하성이니까."

원상의 말에 이춘상이 어깨를 으쓱거렸다.

하지만 불만스러운 말투와 달리 그의 표정은 밝았다.

애초에 자신이 주인공이 아님을 잘 알고 있어서였다.

대청표국이 아니라 유하성을 따라온 것이기에 이춘상은 땅을 박찼다.

"도움이 필요하시면 잠시 이쪽으로 오셔도 됩니다."

"그럴 일 없다. 나 후개다."

꽈아아앙!

호언장담과 함께 몽둥이가 허공을 갈랐다.

무시무시한 곤강(棍罡)이 살벌한 기세로 달려오는 적들을 찍어 누른 것이었다.

물론 선두의 부국주가 대응하듯 검강을 일으켰으나 튕겨 내기는커녕 막아 내지도 못했다.

"끄윽!"

오히려 검강과 함께 검신이 박살 나며 그 조각들이 군호표국의 표두들과 표사들을 덮쳤다.

그 결과 단 일격에 수십 명이 크고 작은 부상을 입었다.

"무, 물러나지 마라! 적은 다섯 명에 불과하다!"

"밀어붙여!"

"어허. 다섯 명이라니. 너희들이 상대할 사람은 나 하나다. 나부터 넘은 다음에 지껄여."

퍼펑! 퍼어엉!

삐딱하게 선 채로 이춘상이 이죽거렸다.

자신을 앞에 두고 저따위 말을 하는 게 어이가 없어서였다.

비록 유하성에게 가리긴 했지만 그 역시 손꼽히는 강자였다.

단순히 후기지수라고 말할 수 있는 수준이 아니었다.

"크아악!"

그리고 그 사실을 이춘상은 실력으로 증명했다.

단순한 몽둥이질로 군호표국의 표사들을 찍어 눌렀던 것이다.

그 광경에 뒤에서 백현승과 곽두일을 보호하고 있던 원상과 원호가 입을 쩍 벌렸다.

강하다는 건 알았지만 살수를 펼치는 이춘상의 모습은 정말 엄청났다.

빠각! 빠드득!

특히 몽둥이질이 아주 신들렸다.

가만히 보면 특별한 거 없이 단순하기 짝이 없는 몽둥이질이었는데 거기에 강기가 서리니 절정 이하의 무인들은 말 그대로 터져 나갔다.

그나마 강기를 발현시킬 수 있는 절정고수들은 몇 번 받아내기는 했으나 그뿐이었다.

단순무식한 몽둥이질에 결국 병기가 아작 나거나 머리와 팔다리가 터졌다.

"……굉장하네."

"평소에는 실없는 사람인데."

원호가 질린 표정을 지으며 말했다.

강한 건 알고 있었지만 저 정도일 줄은 몰라서였다.

동시에 이춘상과의 격차를 절실히 느꼈다.

"진짜 우리가 나설 일이 없겠는데?"

"고수한테 숫자는 무의미하다더니. 그 말이 사실이었네."

"괜히 혼자 가시겠다고 한 게 아니었어."

원호가 마른침을 삼키며 고개를 돌렸다.

그곳에는 이춘상보다 더한 무용을 뽐내는 유하성이 있었다.

터어엉! 터엉!

표홀한 움직임과 함께 유하성의 양손이 춤을 추듯 부드럽게 움직였다.

하지만 그로 인한 결과는 결코 부드럽지 않았다.

병장기건 몸이건 닿는 족족 군룡도문도들은 피를 토했다.

내부로 파고드는 침투경에 기맥이 갈가리 찢어졌던 것이다.

털썩! 털썩!

그 결과 유하성이 지나가는 길에는 추풍낙엽처럼 쓰러진 시신만이 남았다.

지난번에는 단순한 비무였지만 지금은 달랐다.

서로의 목숨을 노리는 생사결인 만큼 유하성은 조금도 손속에 사정을 두지 않았다.

기회가 생기면 무조건 죽였다.

"어떻게든 붙잡아! 마음대로 날뛰지 못하게 붙잡으라고!"

"창을 든 이들 앞으로 나서! 무슨 수를 써서라도 움직임을 방해해!"

오백에 달했던 군룡도문도들이 일각이 채 되기도 전에 반가까이가 쓰러졌다.

유하성의 살수에 속수무책으로 당했던 것이다.

그러나 멍청한 이들만 있는 건 아닌지 누군가가 장병기를 든 이들을 불러 모았다.

무투가인 유하성의 가장 큰 약점이 거리라는 걸 알기에 견제 겸 붙잡아 두려는 것이었다.

"흥."

하지만 그건 하나만 알고 둘은 모르는 점이었다.

병장기로 견제할 수 있었다면 지금까지 백 명이 넘는 이들이 쓰러지지는 않았을 터였다.

"끄으윽!"

"소, 손이……!"

유하성의 침투경은 상황을 가리지 않았다.

병기에 닿으면 병기를 타고 스며들고, 육체에 닿으면 즉각적으로 기혈을 찢어발겼다.

물론 내공 소모가 상당하기는 하나 한 번의 접촉으로 한 명을 죽이면 유하성에게는 남는 장사였다.

처음에 규악중과 군호표국주에게 뿌렸던 권강보다는 내공 소모가 훨씬 적기도 했고.

"멍청한 것들! 물고 늘어지란 말이다!"

"움직이지 못하게 하라고!"

닿는 족족 무기력하게 허물어지는 부하들의 모습에 흑룡대주와 백룡대주가 악을 썼다.

그러나 둘 다 달려들지는 않았다.

힘이 빠졌다면 모를까 지금 달려드는 건 죽으러 가는 것밖에는 되지 않았다.

'저놈도 사람이니 언젠가는 지칠 것이다.'

'시간을 끌면 우리가 이긴다.'

제아무리 대단한 고수라도 공력과 체력이 무한하지는 않았다.

하물며 유하성은 강자이기는 하나 천하십대고수인 건 아니었다.

절대고수인 천하십대고수야 숫자가 아무리 많아도 무의미했지만 유하성은 달랐다.

나름 공력 소모를 최소화하는 게 보였으나 한계가 있을 터였다.

'내공 소모를 최소화한다는 것 자체가 자신의 약점을 드러낸 것이니까.'

흑룡대주가 교활한 미소를 지으며 혀로 입술을 핥았다.

이번에야말로 제대로 복수할 생각이었다.

물론 규악중이 유하성의 목을 노리기에 그가 죽일 수는 없겠지만 그래도 팔다리 하나 정도는 마음대로 잘라 낼 수 있을 터였다.

"으아아악!"

"죽어!"

유하성을 죽이지 못하면 자기가 죽는다는 걸 알기에 군룡도문도들은 일제히 몸을 날렸다.

대주들의 말마따나 일단은 유하성의 움직임을 봉쇄하려는 것이었다.

그래서 군룡도문도들은 사방에서 유하성을 덮쳤다.

우우웅!

그런데 그 모습에 유하성이 의미심장한 미소를 지었다.

마치 군룡도문도들이 이렇게 나오길 기다렸다는 듯이 웃었던 것이다.

그와 동시에 유하성의 양 주먹에서 불길한 공명음이 흘러나왔다.

갑자기 막대한 진기가 응축되었던 것이다.

빼어어엉!

이윽고 유하성의 쌍권이 좌우로 뻗어 나갔다.

무시무시한 기세로 두 줄기의 권강이 뿜어졌던 것이다.

그리고 그 여파는 전후좌우 할 거 없이 사방을 휩쓸었다.

어마어마한 폭발과 함께 군룡도문도들을 말 그대로 쓸어버렸다.

쿠웅! 쿠쿵!

병기며 사람이며 할 거 없이 모조리 다 날려 버린 권강에 수십 명이 한순간에 즉사했다.

그러자 전투가 한순간 멈췄다.

거대한 폭발에 모두의 시선이 집중되었던 것이다.

저벅저벅.

자욱하게 피어나는 흙먼지 사이로 발자국 소리가 들려왔다.

바로 유하성의 기척이었다.

서서히 먼지구름을 가르며 나타나는 유하성의 모습에 군룡도문도들은 물론이고 이춘상을 공격하던 군호표국도 입을 다물지 못했다.

"허어."

특히 자연스럽게 한쪽으로 물러나 있던 설혜상이 가장 크게 놀랐다.

유하성에 대한 소식은 그녀도 틈틈이 듣고 있었다.

무당파에서 열린 용봉지회에서 검룡과 함께 구룡 중에서도 수위에 꼽히는 무룡 범구를 단 일격에 쓰러뜨렸다는 것도.

하지만 이건 차원이 다른 문제였다.

"……저 정도였다니."

옆에 있던 설소연 역시 믿을 수 없다는 표정을 지었다.

유하성이 이 정도의 신위를 보여 줄 줄은 몰라서였다.

말 그대로 양 떼를 찢어 버리는 맹수와도 같은 모습이었다.

아무리 달려들어도 상처 하나 입히지 못하는 모습에 설소연은 입이 쩍 벌어졌다.

퍽. 퍼퍽!

이번 한 방의 충격이 컸는지 충격으로 얼어붙어 있는 이들을 유하성은 특유의 무표정한 얼굴로 도륙했다.

일말의 망설임도 없이 반응도 하지 못하는 군룡도문도들을 쓸어버렸던 것이다.

이미 군룡도문과 군호표국과는 돌이킬 수 없는 관계가 되었기에 유하성은 조금의 자비도 없이 모조리 죽였다.

쿠웅! 쿵!

유하성은 도망치는 이들도 절대 봐주지 않았다.

단 한 명도 남김없이 죽이겠다는 듯이 유하성은 끝까지 따라가서 죽였다.

"자자자, 잠깐만!"

그 광경에 후미에서 지시를 내리던 부문주가 소리쳤다.

이대로 가다간 유하성을 잡는 게 아니라 자신들이 잡힐 것 같아서였다.

사실 그는 이 정도 전력이면 제아무리 유하성이 난다 긴다 하는 후기지수라고 해도 충분히 잡을 수 있을 거라고 생각했다.

제 발로 무덤에 걸어 들어오는 거라고 말이다.

그러나 실상은 달랐다.

무덤에 서 있는 건 자신들이었다.

스스슥!

다가오는 유하성의 발걸음에 이제 이백여 명 정도 남은 군룡도문도들이 뒷걸음질 쳤다.

이미 기백에서 밀려 있는 것이었다.

그리고 그중에는 백룡대주와 흑룡대주도 있었다.

반면에 유하성의 표정은 처음과 별반 다른 게 없었다.

"잠깐 대화를 하지. 꼭 끝까지 가야 할 필요는 없지 않나."

"물러나겠다고?"

호흡 하나 흐트러지지 않은 유하성이 어처구니없다는 표정을 지었다.

여기까지 와서 그만하자고 하자 어이가 없어서였다.

"우리는 문주님의 지시를 따랐을 뿐이다. 그리고 문주님은 이미 제압된 상태지. 그러니 굳이 더 싸울 필요가 있을까? 네가 받아들이기만 한다면 우리는 물러나겠다."

부문주가 재빨리 말을 이었다.

그는 부귀영화를 누리고 싶었지 죽고 싶은 마음은 없었다.

만약 유하성이 지친 기색이라도 보였다면 더 싸웠겠지만 암만 봐도 지쳐 보이지가 않았다.

그런데 자신의 목숨을 걸며 싸우고 싶지는 않았다.

스윽.

'다른 방법이 없는 것도 아니고.'

부문주의 두 눈이 잽싸게 주변을 훑었다.

그러나 달라진 건 없었다.

군호표국이 처절하게 싸우고 있기는 하나 이춘상이라는 벽을 넘지는 못했다.

'이놈도 괴물이고, 저놈도 괴물이고. 중원에는 왜 이렇게 괴물이 많아.'

후개가 검룡보다 강하다는 건 그도 알고 있었다.

그런데 지금 보여 주는 이춘상의 무위는 예상했던 것 이상이었다.

"내가 왜 그래야 하지?"

"맞아. 굳이 다 잡은 먹이를 살려 줄 필요는 없지. 근데 승냥이는 될 줄 알았는데 쥐 새끼였을 줄이야. 너무 실망인데. 역시 변방은 어쩔 수가 없는 건가."

꽈아아앙!

낯선 목소리와 함께 날카로운 파공성이 울린 후 거대한 폭발이 일어났다.

바로 군룡도문의 병력이 모여 있는 곳에서 말이다.

그 결과 이백 남짓하던 숫자가 반 이하로 줄어들었다.

"컥!"

"어, 어째서 우리를……!"

기습과도 같은 공격에 부문주도 피하지 못한 모양인지 전신이 피투성이였다.

그런데 그는 상처보다도 자신을 공격했다는 사실에 충격을 받은 모양인지 얼굴 가득 당황한 표정을 지었다.

"쓸모없는 사냥개는 더 이상 사냥개가 아니지. 그러니 정리해야 하지 않겠어? 제대로 된 역할도 못 했는데."

"애초에 받아 줄 생각이 없었군."

"있었는데, 변한 거야."

"더러운 새끼."

"하하하! 그쪽이 그런 말을 할 자격은 없는 거 같은데?"

갑자기 나타난 청년이 히죽 웃으며 손가락을 튕겼다.

작은 구슬과도 같은 물건이었는데 그게 날아오자 부문주가 화들짝 놀라며 몸을 날렸다.

하지만 날아오는 검은 구슬보다 빠르지는 못했다.

꽈아아앙!

다시 한번 굉음과 함께 지축이 뒤흔들렸다.

동시에 허공으로 치솟았던 시체들이 조각나서는 하나둘 땅 위로 떨어졌다.

"미, 미친 새끼!"

"이걸로 정리 끝."

화탄으로 군룡도문을 날려 버리는 광경에 이춘상을 공격하던 걸 잠시 멈추고 있던 군호표국의 병력이 하나같이 얼빠진 표정을 지었다.

설마하니 지원군이라 할 수 있는 저들이 군룡도문을 공격할 줄은 몰라서였다.

그러나 충격은 짧았다.

군호표국의 부국주는 병력을 이끌고 빠르게 물러났다.

동료라고 볼 수 없는 이에게 등을 맡길 수는 없는 노릇이었다.

마음 같아서는 아예 이곳을 뜨고 싶었지만 국주가 인질로 잡혀 있는 상태였기에 부국주는 부하들을 이끌고 최대한 멀찍이 떨어졌다.

"네가 판을 벌인 이로군."

"맞아. 그대가 대청표국과 연이 있다고 하더라고. 표사들 중에 무당파의 속가제자들도 제법 있고. 그래서 좀 두들기면 이곳으로 오리라 생각했지."

"조금 두들기면?"

유하성이 어처구니없다는 듯이 실소를 흘렸다.

멸문지화를 조금 두들기는 것이라고 표현할 줄은 몰라서였다.

"그 정도로 약할 줄은 몰랐지."

"잘됐군. 안 그래도 번천회에 대해서 궁금했는데."

"아, 그랬나? 하긴. 궁금할 수밖에 없지. 사실 나도 좀 소개를 해 주려고 했어. 적어도 내가 누군지는 알고 당해야 죽어도 억울하지 않을 거 아냐?"

자신감이 가득한 청년의 어조에 유하성은 피식 웃었다.

그러나 뭐라 하지는 않았다.

대신 마음껏 지껄여 보라는 듯이 턱짓했다.

"저거 제정신 아닌데?"

"뭐 어때. 자기가 말해 주겠다는데."

군호표국이 물러나자 이춘상이 다가왔다.

오랜만에 격한 몽둥이질을 해서 그런지 이춘상의 이마에는 제법 땀방울이 맺혀 있었다.

하지만 이춘상 역시 호흡은 멀쩡했다.

그간의 수련이 헛되지 않았다는 듯이 말이다.

"나의 사부님은 총표파자(總瓢把子)이시지. 또한 십천(十天)의 천주 중 한 분이시고."

"녹림십팔채?"

제30장 십천十天의 등장

총표파자라는 말에 이춘상이 반사적으로 입을 열었다.

자연스럽게 녹림십팔채가 떠올라서였다.

"맞아. 그래서 내가 직접 온 것이기도 해. 우리 애들을 워낙에 두들겨 팼어야지."

"복건성에 있는 산채 중에 녹림십팔채에 속하는 곳은 없을 텐데?"

"에이. 건너 건너면 다 친구고 동료지. 이 바닥이 은근히 좁다고. 그리고 후기지수 중 최고라는 파산권을 놓치고 싶지도 않고. 아, 요즘에는 파산권이라는 별호보다 권패(拳覇)라고 불리기도 한다며?"

"십천이라. 번천회는 열 개의 세력이 뭉쳐서 만들어진 곳인가 보군."

유하성은 청년의 말에 대답하지 않았다.

굳이 대화의 주도권을 저쪽에 줄 이유가 없어서였다.

게다가 십천주 중 한 명인 총표파자의 제자인 만큼 알아낼 것이 많았다.

"정확해. 지금은 합류한 곳이 꽤나 늘었지만. 아마 지금 이 순간에도 늘고 있을 거야. 구파일방과 오대세가, 그리고 명문세가들이 지배하는 무림에 불만을 가진 곳이 엄청나게 많더라고. 근데 불만이 있을 수밖에 없지. 아무리 발악해도 구파일방과 오대세가를 뛰어넘을 수는 없으니까. 그들이 만든 견고한 벽은 결코 다른 이가 올라오는 걸 지켜보지 않거든."

"그래서 하늘을 뒤집겠다?"

"맞아. 오를 수 없다면, 부수거나 끌어내려야지. 새 술은 새 부대에 담으라는 말처럼 새 질서를 만들려면 과거의 것들은 싹 다 부숴 버려야지."

청년이 키득거렸다.

멀쩡하게 생긴 것과 달리 두 눈에 서린 광기는 상당했다.

그런데 단순히 미치광이라고 하기에는 지닌 실력이 보통 이상이었다.

얼핏 봐도 구룡 이상이었다.

-구룡이 괜히 당한 게 아닌 것 같다.

-내가 보기에도.

이춘상도 그걸 파악했는지 얼굴이 굳어졌다.

생각했던 것 이상으로 만만치 않아서였다.

하지만 유하성은 청년의 뒤에 서 있는 열 명을 쳐다봤다.

청년도 보통 이상이지만 저 열 명 중 네 명의 노인이 특히 강했다.

'중년인들도 상당한 수준이고.'

산적 나부랭이라고 할 수 없을 정도로 청년의 호위무사들로 보이는 이들의 실력은 대단했다.

동시에 의문이 들었다.

녹림십팔채에 저런 고수들이 있다는 게 이상했던 것이다.

-뒤에 있는 노인들, 나도 모르는 얼굴인데. 아는 얼굴이 없어. 나도 나름 산적에 대해서 빠삭한데 말이지.

유하성만 그리 생각하는 게 아닌지 이춘상의 전음이 들려왔다.

그의 목소리에는 당혹감이 짙게 서려 있었다.

-달리 말하면 그만큼 오래 준비했다는 뜻이겠지.

-구룡을 운으로 잡은 건 아니라는 건가.

이춘상의 눈빛이 깊어졌다.

군룡도문의 전력이 반파되었다고 하나 아직 전멸한 건 아니었다.

크고 작은 부상을 입은 상태이기는 하나 얼추 봐도 백 명 가까이 살아 있었다.

거기다 멀리 떨어져 있기는 하나 군호표국의 전력 역시 건재했다.

'좋지 않아.'

세 곳의 사이가 썩 좋아 보이지는 않는다고 하나 애초에 하나였던 세력이었다.

상황에 따라 다시 힘을 합칠 수도 있었다.

"회복할 시간은 충분히 준 것 같은데."

청년이 교활하게 웃었다.

마치 이 모든 게 자신의 계획대로 흘러간다는 듯이 말이다.

"구룡들을 기습했던 것처럼 정정당당하게 싸우고 싶다, 이건가?"

"맞아. 근데 기습이라니. 우리는 엄연히 기다렸던 것뿐이라고. 기습은 갑자기 공격하는 거지만 우리는, 적어도 나는 그렇게 하지 않았다."

"그건 당사자만 알겠지."

"뭐, 그렇게 믿고 싶으면 믿어. 변명해 봤자 달라지는 건 없을 듯하니."

청년이 어깨를 으쓱였다.

더 말해 봤자 달라지는 건 없을 것 같아서였다.

그리고 지금 중요한 건 구룡이 아니라 대결이었다.

"정정당당이란 네 글자에 상당히 집착하는군."

"그럴 수밖에. 비겁한 수를 썼다느니, 치졸하다느니 같은 말은 듣고 싶지 않거든. 예전이었다면 모를까 곧 중원무림을 지배할 몸인데 그런 말을 들으면 쓰나. 우리도 좀 고급지게 놀아야 하지 않겠어?"

"말이 된다고 생각하나?"

"어쩜 그리 반응이 똑같은지. 근데 이렇게 생각해 보자고. 너희들보다는 우리가 더 정정당당하지 않나? 배경으로 짓누르고, 압박하고, 빼앗는 것보다는 말이야. 적어도 우리는 그딴 짓은 안 해. 차라리 정면으로 치고받고 싸우면 싸웠지."

청년이 비릿하게 웃었다.

너희가 그렇게 말할 자격이 있냐는 듯이 말이다.

"그럼 더는 대화할 필요가 없겠군."

"다행이군. 난 또 도망치면 어떡하나 했는데. 협박은 내 성미에 안 어울리거든. 이것도 비싼 거라 너무 많이 사용하면 안 되기도 하고."

청년이 씨익 웃으며 손에서 검은 구슬을 꺼냈다.

바로 군룡도문을 날려 버린 화탄이었다.

얘기는 많이 들었지만 보는 건 처음이었기에 유하성은 청년의 손에 들린 화탄을 유심히 쳐다봤다.

"만약 도망쳤으면 저곳에다가 이걸 날렸을 거야. 너나 후개야 피할 수 있지만 저들은 피하지 못할 테니까."

짓궂은 미소와 함께 청년이 화탄을 던질 것처럼 자세를 취했다.

그러자 멀리서 지켜보고 있던 백현승이 자기도 모르게 반응했다.

진짜 던질 것처럼 보였기에 반사적으로 반응한 것이었다.

"군룡도문주와 군호표국주는 정말 안중에도 없는 모양이군."

"변방의 승냥이들까지 신경 써 줄 정도로 내가 한가하지 않아서 말이지. 저 정도 녀석들은 발에 챌 정도로 많거든."

"많이 컸네. 녹림십팔채가 그런 말도 하고."

"크크큭!"

천천히 걸어 나오는 유하성의 모습에 청년이 땅을 박찼다.

충분히 시간을 주었으니 이제는 짓밟을 시간이었다.

현재 백도무림에서 가장 강한 후기지수라고 알려진 유하성을 말이다.

'너는 어느 정도일까나!'

얼마 전에 상대했던 거룡(巨龍)은 기대했던 것 이하였다.

겉만 번지르르했지 속은 텅텅 비어 있었다.

그래서 많이 실망했었기에 청년은 기대했다.

무룡을 일 초 만에 쓰러뜨린 이가 얼마나 강할지 말이다.

휘리릭!

한편 유하성은 전광석화처럼 쇄도하는 청년을 보고도 별다른 표정 변화가 없었다.

오히려 그는 뒤에 있는 네 명의 노인들을 힐끔거렸다.

청년보다는 저들이 더 위험해서였다.

그런데 그게 청년에게는 모욕으로 다가왔는지 눈빛이 달라졌다.

"어딜 보는 것이냐!"

쌔애액!

거의 자신의 키만 한 검을 청년이 너무나 가볍게 휘둘렀다.

호리호리한 체격과는 달리 타고난 신력이 있는지 솜방망이 다루듯 했던 것이다.

스윽.

정수리를 쪼갤 기세로 떨어져 내리는 거검을 유하성은 옆으로 반보 움직이는 것으로 가볍게 피해 냈다.

빠르긴 하나 피하지 못할 정도는 아니었다.

물론 피하기만 할 생각은 없었다.

터어엉!

왼쪽으로 반보 움직이는 것과 동시에 유하성의 오른손이 거검의 검 면에 닿았다.

그러자 거검이 크게 진동했다.

유하성의 침투경에 저항하는 것이었다.

운으로 구룡을 쓰러뜨린 게 아니라는 듯이 청년은 지금껏 누구도 막아 내지 않았던 침투경을 튕겨 냈다.

"흡!"

그뿐만 아니라 반격까지 했다.

유하성의 침투경을 흘려 내며 재차 검을 휘둘렀던 것이다.

하지만 사선으로 그어지는 검격은 유하성에게 닿지 못했다.

유려한 몸놀림으로 청년의 검세를 피한 유하성은 주먹을 쥐었다.

우우웅!

이윽고 무지막지한 기운이 유하성의 주먹에 응축되자 청년도 반응했다.

피할 생각이 없다는 듯이 씨익 웃으며 청년도 검을 찔러 넣었다.

꽈아앙!

주먹과 검극이 충돌하자 굉음과 함께 지축이 뒤흔들렸다.

그 정도로 충돌한 기운이 어마어마했다.

그러나 격돌 직후의 모습은 완전히 달랐다.

얼굴이 잔뜩 일그러진 청년과 달리 유하성은 처음과 똑같았다.

"젠장!"

심지어 옷에 먼지 하나 묻지 않은 모습에 청년이 이를 갈았다.

가까스로 버틴 자신과 달리 유하성은 온몸에서 여유가 묻어 나와서였다.

청년은 그 사실을 인정할 수가 없었다.

게다가 그를 더 화나게 하는 건 방금 전 유하성이 펼친 게 무당파의 기본공인 태극권이라는 점이었다.

웅웅웅!

물론 유하성이 펼치는 태극권이 평범하지 않다는 사실은 그도 알고 있었다.

하지만 면장이 아닌 태극권이라는 사실이 그의 자존심을 건드렸다.

그래서 그는 처음의 생각과 달리 단전의 모든 공력을 끌어올렸다.

"재도전이라."

"이번에야말로 뭉개 주마! 무당파의 무공이 얼마나 보잘것없는지를!"

청년은 변초 따위는 생각지도 않는다는 듯이 저돌적으로 달려들었다.

오직 정면 승부만 보겠다는 듯이 말이다.

그리고 유하성도 그걸 피하지 않았다.

알아서 때리기 쉽게 달려온다는데 마다할 이유는 없었다.

꽈아아앙!

유하성의 주먹과 청년의 검극이 다시 한번 충돌했다.

그러나 결과는 이전과 달라지지 않았다.

오히려 청년은 더 큰 충격을 받았다.

힘이 빠지기는커녕 더욱 강력해졌던 것이다.

"크윽!"

그 사실을 청년은 믿을 수가 없었다.

아무리 회복할 시간을 주었다고 하나 결코 긴 시간이 아니었다.

무당파의 내공심법이 대단하다고 해도 유하성은 진산제자가 아닌 속가제자였고.

그런데도 지친 기색도 없고 공력도 충만한 듯하자 그는 믿기지가 않았다.

쉬이익!

하지만 그가 당혹스러워하거나 말거나 유하성은 바닥에 깊은 고랑을 남기며 밀려 나간 청년을 향해 달려들었다.

충돌에 의한 충격으로 청년이 잠시 경직된 틈을 놓치지 않고 파고들었던 것이다.

말 그대로 벼락같이 쇄도하는 유하성의 손아귀에 청년이 기겁하며 검을 들었다.

일단은 검 면으로 막아 내려는 것이었다.

스르륵.

그러나 유하성도 만만치 않았다.

거검의 검 면으로 상반신을 막자 유하성의 오른손이 미끄러지듯이 검신을 타고 내려갔다.

그러고는 정확히 옆구리에 촌경을 먹였다.

"크!"

순간적으로 파고드는 일격에 청년이 신음을 흘렸다.

하지만 청년도 가만히 당하고만 있지는 않았다.

자기만 당하지는 않겠다는 듯이 검을 비틀어 밀었다.

검날을 유하성에게 내질렀던 것이다.

터어엉!

그 짧은 순간에, 심지어 촌경으로 인해 내부가 뒤흔들렸음에도 청년은 검강을 유지하고 있었다.

당하는 순간까지도 집중력을 잃지 않았던 것이다.

그 모습에서 유하성은 확실히 청년이 만만치 않음을 느꼈다.

'하지만 상대하지 못할 정도는 아니지.'

유하성의 시선이 청년의 어깨 너머로 향했다.

열 명의 호위무사들과의 거리를 확인했던 것이다.

그리고 그 순간 유하성의 좌장에 거력이 모였다.

"흐읍!"

별다른 소성이나 공명음 하나 들리지 않았지만 청년은 본능적으로 느꼈다.

유하성의 왼손에 가공할 기운이 응집되고 있다는 사실을

말이다.

머리보다 몸이 먼저 느꼈다는 듯이 전신에 소름이 돋아나자 청년은 곧바로 결정을 내렸다.

이건 자신이 막을 수 없다고, 아니 막으면 죽는다고 말이다.

"늦었어."

현실을 인정하기 싫은 눈빛과 표정이었음에도 청년은 이를 악물며 물러났다.

부딪치는 순간 백이면 백 자신이 당한다는 걸 알아서였다.

그러나 유하성의 손이 조금 더 빨랐다.

꽈아아앙!

무당파의 무공이라고는 생각하기 힘들 정도로 지극히 패도적인 일권이 유하성의 손에서 펼쳐졌다.

전광석화처럼 청년에게 꽂혔던 것이다.

그런데 그 짧은 순간에 청년은 기지를 발휘했다.

유하성의 주먹이 떨어지는 궤적에 검을 밀어 넣었던 것이다.

휘리릭!

그와 동시에 몸을 뒤로 젖히며 회전시켰다.

최대한 유하성에게서 떨어지려는 것이었다.

한데 그가 하나 놓친 게 있었다.

검을 희생해서 시간은 벌었는데 파편까지는 생각하지 못

했다.

푸푸푸푹!

산산조각 난 검편이 폭우처럼 쏟아지며 청년의 몸 곳곳을 관통했다.

치명상은 피했지만 딱 그뿐이었다.

"소채주!"

조금도 예상하지 못한 상황이었기에 속수무책으로 당하는 청년의 모습을 지켜보고 있던 노인들이 경악성을 터트렸다.

그러면서 일제히 몸을 날렸다.

승부가 기울었기에 청년을 빼내려는 것이었다.

"어딜."

하지만 노인들이 아무리 빨라도 지근거리에 있던 유하성보다 빠를 수는 없었다.

그렇기에 유하성은 손가락으로 청년의 마혈과 아혈을 점혈하고는 그대로 멱살을 잡아서 뒤로 던졌다.

"으아아악!"

신분이 신분이니만큼 알고 있는 게 많을 것이기에 순순히 넘겨줄 생각이 없었다.

아직 제대로 된 대가를 치르지도 않았고 말이다.

그래서 유하성은 규악중과 군호표국주가 비참하게 엎어져 있는 곳을 향해 정확히 던졌다.

"이노옴!"

"뭣들 하는 게냐! 어서 소채주를 구하지 않고!"

짐짝처럼 처참한 몰골로 날아가는 청년의 모습에 노인들이 버럭 소리를 질렀다.

그러자 뒤늦게 여섯 명의 중년인들이 몸을 날렸다.

청년이 날아가는 방향을 향해 신형을 날렸던 것이다.

"미안하지만 당신들은 더 이상 못 가."

전력으로 달려가던 중년인들이 멈춰 섰다.

이춘상이 그들의 앞을 막아서였다.

"그럼 죽이고 갈 수밖에."

"쉽지 않을걸?"

이춘상이 비릿하게 웃었다.

네 명의 노인들이라면 모를까 앞에 있는 여섯 명은 충분히 상대할 자신이 있었다.

물론 한 명 한 명이 상당한 수준인 만큼 쉽지는 않겠지만 불가능하단 생각도 들지 않았다.

"가라!"

"못 간다니까."

여섯 명의 중년인들은 수적 우세를 확실하게 이용했다.

넷은 이춘상에게 달려들고 둘은 좌우로 크게 벌어져 우회해서 청년이 있는 곳으로 달려갔다.

그 모습에 이춘상이 몸을 날렸다.

두 명 다 다른 방향이었으나 어차피 목적지는 같았다.

부우우웅!

거기다 크게 돌아서 가는 두 명의 중년인과 달리 이춘상은 직선으로 갈 수 있었다.

더욱이 경신술만 따지자면 유하성보다 더 빠른 게 그였기에 순식간에 도착해서는 피로 흥건히 젖어 있는 몽둥이를 휘둘렀다.

"저희도 돕겠습니다!"

"둘은 기다려! 군호표국도 있으니까!"

순식간에 여섯 명에게 포위된 이춘상의 모습에 원상과 원호가 소리쳤다.

혼자서는 힘겨워 보여서였다.

그런데 이춘상은 단칼에 거절했다.

힘든 건 사실이지만 아직 군호표국이 남아 있었다.

원호와 원상이 빠진다면 백현승과 곽두일, 사로잡은 인질들을 지킬 인원이 없었다.

그렇기에 이춘상은 단호하게 소리쳤다.

"이익!"

"애송이가!"

콰콰콰쾅!

끈질기게 물고 늘어지는 이춘상의 공격에 중년인들이 노성을 터트렸다.

하지만 그럴수록 이춘상은 교묘하게 움직였다.

단 한 명도 이곳을 벗어날 수 없게 매달렸던 것이다.

여섯 명을 전부 다 쓰러뜨릴 수 있다면 좋겠지만 아쉽게도 단시간에 전원 다 죽이는 건 불가능했다.

'그렇지만 붙잡는 것 정도는 충분하지!'

생각했던 것보다 공력 소모가 상당했지만 상황은 유하성도 마찬가지일 터였다.

그렇다면 남는 건 근성이었다.

게다가 이런 극한의 상황이 이춘상에게는 나쁘지 않았다.

아니, 정확하게는 긍정적으로 받아들였다.

'나는 좀 더 강해진다!'

분명 위험한 상황인 건 맞았다.

아주 작은 실수 하나로 목숨을 잃을 수도 있었다.

하지만 그렇기에 지금 이춘상의 감각은 그 어느 때보다 날카로웠으며 집중력 또한 최고조에 이르러 있었다.

즉 위험이 큰 만큼 얻을 수 있는 것도 많았다.

"이 거머리 같은 자식이!"

"크크큭!"

중년인들의 입에서 욕설이 나오면 나올수록 이춘상의 입가에 맺힌 미소는 짙어져 갔다.

욕을 한다는 건 그만큼 조급해한다는 말과 같아서였다.

'문제는 저쪽인데…….'

여유로운 표정과 달리 이춘상의 눈빛은 무겁게 가라앉아

있었다.

자신이 상대하는 중년인들도 만만치 않은 실력자들이지만 유하성을 공격하는 네 명의 노괴들은 진짜 강해서였다.

한 명 한 명이 그와 비슷하거나 더 강해 보였고, 합격진에도 능숙해 보였다.

반면에 유하성은 아닌 척해도 상당히 지쳐 있을 터였다.

'우선은 할 수 있는 걸 할 수밖에.'

이춘상은 일단 눈앞에 있는 여섯 명에게 집중했다.

그게 지금 자신이 해야 할 일이었다.

혈풍사노(血風四老)의 대형인 일노(一老)는 창대를 움켜잡으며 벼락같은 찌르기를 펼쳤다.

그런데 동생들의 협공을 받고 있음에도 유하성은 귀신같은 움직임으로 그의 공격을 피해 냈다.

'대업을 방해할 놈이다. 반드시 이곳에서 죽여야 해.'

일노가 입술을 앙다물었다.

그 역시 유하성에 대해서는 익히 들어 알고 있었다.

하지만 이 정도일 줄은 정말 상상도 못 했다.

소채주는 녹림십팔채가 모든 역량을 쏟아부어 만든 역작 중 하나였다.

'그런데도 그렇게 속수무책으로 당할 줄이야.'

무당파의 제자이기에 그는 은연중에 과대평가되었을 게 분명하다고 생각했다.

그러나 실제로 겪어 보니 오히려 실력이 과소평가 되어 있었다.

거룡조차도 가볍게 제압했던 소채주가 유하성에게는 아무런 힘도 발휘하지 못했다.

그렇기에 일노는 이 자리에서 유하성을 반드시 죽여야 한다고 생각했다.

'기회가 왔을 때 죽여야 한다.'

일노의 강렬한 안광이 세 동생들에게 향했다.

그러자 창졸간에 시선을 교환한 동생들이 미약하게 고개를 끄덕였다.

말을 하지 않아도 그의 생각을 귀신같이 알아차린 것이었다.

어쩌면 동생들도 그와 같은 생각을 하고 있었는지도 몰랐다.

쌔애액!

막내의 두 단검이 예리한 파공성을 일으키며 유하성의 두 다리를 노렸다.

속도로는 막내의 공격이 가장 빨랐기에 유하성의 움직임을 봉쇄하려는 것이었다.

그리고 좌우에서는 둘째와 셋째가 각기 검강과 도강을 뿌렸다.

수십 년을 함께한 형제들답게 가히 완벽한 협공을 보여 주었던 것이다.

쑤아아앙!

거기에 그의 일격이 화룡점정이었다.

세 동생들의 공격에 유하성이 물러나면 그의 창격이 전광석화처럼 파고들었다.

그렇다 보니 유하성으로서는 막기 급급할 수밖에 없었다.

"흡!"

톱니바퀴처럼 완벽하게 아귀가 맞아떨어지는 넷의 협공에 유하성의 입에서 처음으로 신음 소리가 흘러나왔다.

그 정도로 혈풍사노의 협공은 위협적이었다.

네 명이지만 마치 한 몸처럼 움직이는 협공에 유하성의 양손과 양다리가 정신없이 움직였다.

산술적으로 상대해야 하는 팔만 여덟 개다 보니 당연히 더 빨리, 더 많이 움직일 수밖에 없었다.

터엉! 까아앙!

폭격하듯 쏟아지는 혈풍사노의 파상공세를 유하성은 어떻게든 받아 내고 흘려 냈다.

태극권 특유의 유려하고 부드러운 움직임으로 최대한 흘려 내려 노력했다.

하지만 극성에 다다른 사량발천근으로도 혈풍사노의 맹공을 막아 내기가 쉽지 않았다.

게다가 발경도 막혔다.

'이대로는 위험하다.'

분명 침투경이나 전사경은 매우 강력했다.

그러나 상대의 공력이 심후할수록 침투경과 전사경은 먹히지 않았다.

고절한 내공이 파고드는 발경을 밀어 내서였다.

그렇기에 비슷한 수준의 상대나 고수에게는 거의 통하지 않는 게 발경이었다.

'시간을 끌수록 불리해.'

상대의 힘을 이용해 서로 충돌하게 만들려고도 했지만 보기 좋게 실패했다.

살아온 세월을 증명하듯 노련하게 유하성의 의도를 꿰뚫어 보고는 서로 피해 가거나 도중에 힘을 뺐기에 이득이 없었다.

게다가 유하성의 공력은 그리 많은 편이 아니었다.

속가제자에게 허락된 내공심법의 수준이 그리 높지 않아서였다.

다만 지금까지는 극한에 이른 운용 능력으로 버텨 왔기에 다들 유하성이 축적한 공력이 많을 거라 생각하지만 실상은 달랐다.

그저 한정적인 공력을 최대한 효율적으로 사용한 것뿐이었다.

쌔애애액!

반격할 틈 자체를 주지 않겠다는 듯이 혈풍사노는 미친 듯이 몰아붙였다.

이대로 정신없이 몰아붙여 실수를 유발한 다음 단숨에 끝장내겠다는 속셈이었다.

어찌 보면 단순하지만 지금의 유하성에게는 더없이 위협적인 전략이었다.

늙긴 했지만 지켜보고만 있던 혈풍사노와 달리 유하성은 체력적으로도, 심적으로도 조금은 지쳐 있는 상태였다.

'균열을 만들어 내야 한다.'

유하성의 눈빛이 가라앉았다.

혈풍사노의 합공은 완벽했다.

그의 눈에도 빈틈이 전혀 보이지 않을 정도로 말이다.

때문에 유하성은 달리 생각했다.

빈틈이 없다면, 만들겠다고 말이다.

그리고 시간은 그의 편이 아니었다.

'균열을 만들고, 확실하게 끝내야 한다.'

혈풍사노를 상대하면서도 유하성은 이춘상의 상황도 틈틈이 파악하고 있었다.

그렇기에 그는 결단을 내렸다.

이대로 시간이 흐른다면 죽도 밥도 안 될 것 같아서였다.

그래서 유하성은 결단을 내렸다.

웅웅웅!

–놈이 무언가를 준비한다!

–알고 있습니다!

–오히려 역공을 가하겠습니다!

연륜이 괜히 있는 게 아니라는 듯이 혈풍사노는 심상치 않은 기미를 발견했다.

유하성이 은밀하게 준비하는 걸 단박에 알아차렸던 것이다.

그러나 네 명 다 긴장하기보다는 오히려 눈을 빛냈다.

강력한 공격일수록 직후에 빈틈이 생길 수밖에 없어서였다.

빼어어엉!

"크!"

"커헉!"

그런데 예상했던 것보다 유하성이 날린 공격이 엄청났다.

미리 대비를 하고 있었으면서도 세 명이 피를 토하며 튕겨졌던 것이다.

그나마 일노만은 밀려 나는 수준에서 그쳤으나 그의 입에서도 검은 피가 줄줄이 흘러나왔다.

"미, 미친!"

막아 내긴 했으나 말 그대로 가까스로 버틴 수준이었다.

심지어 그의 동생들은 유하성이 힘을 한곳에 집중하지 못하게 공격을 펼치는 순간 사방으로 흩어졌다.

그런데도 이 정도 위력이라는 사실에 일노는 보고도 믿을 수가 없었다.

"후욱! 훅!"

하지만 상황은 유하성도 썩 좋지 않았다.

남아 있는 공력을 모조리 폭발시켜 사용한 십단금이었다.

그것도 한 손이 아닌 두 손으로 펼쳤는데도 일노가 멀쩡히 서 있는 모습에 유하성의 얼굴이 굳어졌다.

그가 예상한 것과는 전혀 다른 결과여서였다.

'남아 있는 내공으로는 한 번 정도인가.'

그러나 놀람은 잠시였다.

유하성은 이내 남아 있는 공력을 확인했다.

결과는 이미 나왔고, 상황은 돌이킬 수 없었다.

그렇다면 지금 할 수 있는 최선의 수를 찾아야 했다.

'화탄도 생각해야 한다.'

소채주라 불린 청년과 마찬가지로 눈앞에 있는 네 명도 화탄을 소지하고 있을지 몰랐다.

그렇기에 유하성은 그 부분도 염두에 두었다.

지금과 같은 몸 상태면 화탄을 완벽하게 피할 수 있다고 자신할 수 없었다.

때문에 유하성은 땅을 박찼다.

"반드시 이놈을 이 자리에서 죽여야 한다!"

"예!"

자신에게 달려드는 유하성을 노려보며 일노가 소리쳤다.

대업에 크나큰 방해가 될 인물이 유하성이었다.

그래서 반드시 이 자리에서 죽여야 한다고 생각했다.

"소채주가 우리 손에 있다는 걸 잊은 모양이야."

"반대로 네가 사로잡힐 수도 있지."

"방금 전에 죽이겠다고 하지 않았나?"

스극!

유하성의 이죽거림에도 일노는 흥분하지 않았다.

게다가 내상을 입기는 했어도 나머지 세 명 역시 싸우지 못할 정도는 아니었다.

그렇기에 유하성의 전신에는 상처가 빠르게 늘어났다.

다만 한 가지 긍정적인 건 혈풍사노의 협공도 아까 전처럼 완벽하지는 않다는 점이었다.

'무리를 해야 하나.'

좀 전처럼 촘촘하지는 않았으나 여전히 혈풍사노의 협공은 매서웠다.

게다가 십단금에 한 번 당해서인지 그 부분에 대해서 확실하게 대비하고 있었다.

넷 다 접근하기보다는 최대한 거리를 벌리면서 공격했던

것이다.

거기다 일노는 유하성이 이상한 낌새를 보일 때마다 일부러 화탄을 보였다.

"크으윽!"

거기다 멀리서 들려오는 이춘상의 신음 소리도 유하성을 심리적으로 압박했다.

어찌어찌 잘 버티고는 있으나 저쪽에도 화탄이 없을 거라고는 장담할 수 없었다.

그렇다 보니 제아무리 유하성이라도 손발이 점차 어지러워졌다.

후우우웅!

그것을 느낀 유하성이 결국 승부수를 띄웠다.

최대한 방법을 찾아보려고 했지만 이것 말고는 떠오르는 게 없었다.

"피해라!"

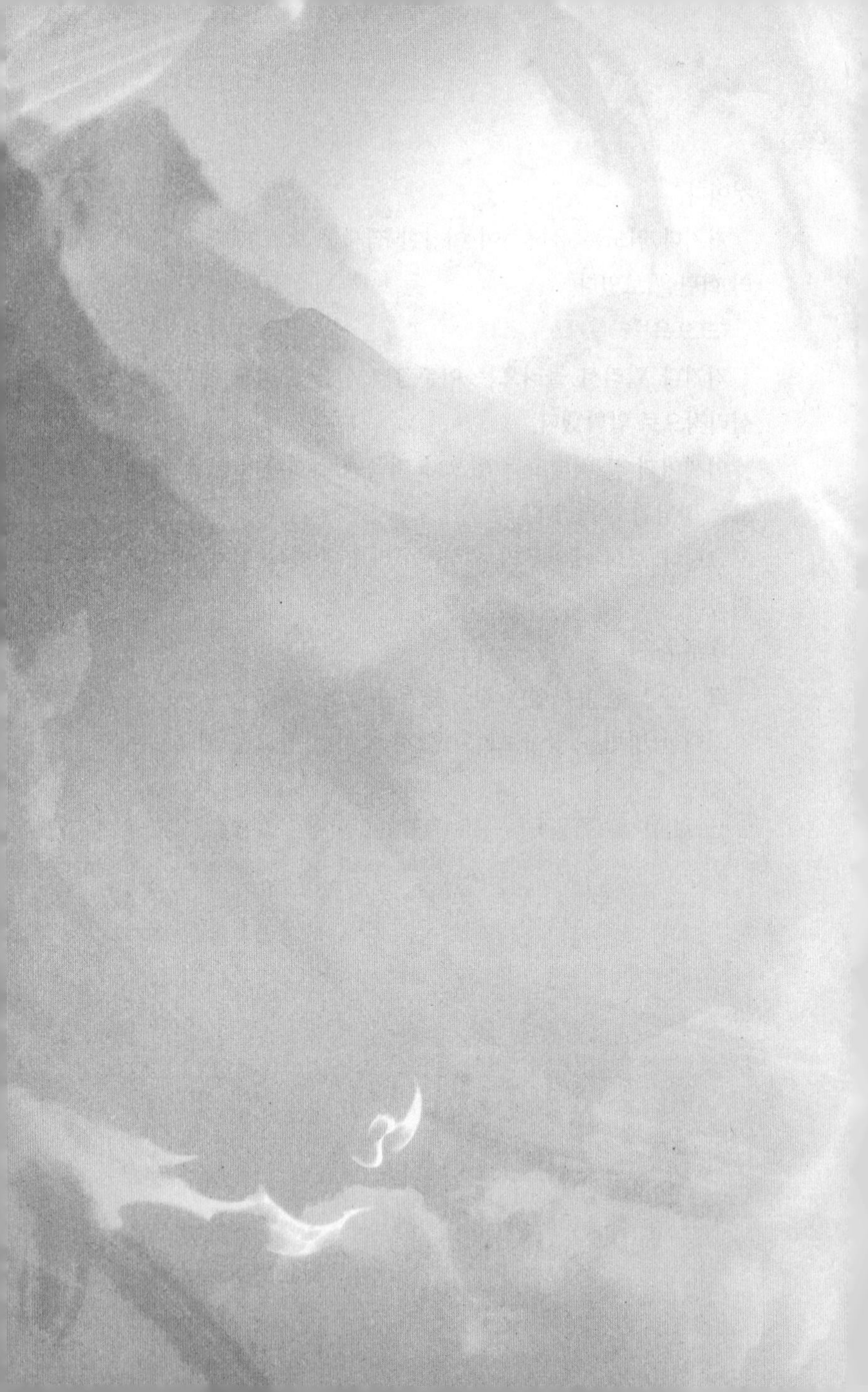

제31장 그가 왔다

다시 한번 십단금이 펼쳐지려는 징조가 보이자 일노가 소리쳤다.

그러자 세 동생들이 일사불란하게 움직였다.

정면 대결은 무모한 짓이라는 걸 깨닫고 재빨리 물러난 것이었다.

으득!

그 모습에 유하성이 이를 악물었다.

차라리 호전적으로 달려들었으면 좋았을 텐데 얄밉게도 혈풍사노는 자신들에게 가장 유리하고 효율적인 방법을 선택했다.

그렇지만 순순히 보내 줄 마음은 없었다.

'한 놈씩 잡는다.'

양팔에서 일렁이는 거대한 기운을 응축하며 유하성이 눈을 부릅떴다.

지금의 힘도 무리해서 일으킨 만큼 그에게 주어진 시간은 얼마 남아 있지 않았다.

그러니 싸울 수 있는 시간 안에 무조건 혈풍사노를 쓰러뜨려야 했다.

물론 혈풍사노를 쓰러뜨려도 여섯 명의 중년인들과 군호표국이 남아 있었지만 일단은 이 넷이 먼저였다.

"어림없다!"

악착같이 접근하는 유하성을 향해 이노(二老)와 삼노(三老)가 강기를 뿌렸다.

유하성이 더는 다가오지 못하도록 견제한 것이었다.

거기다 일노는 화탄을 꺼냈다.

무인으로서 자존심을 가급적이면 지키고 싶었지만 그래도 동생들이 다치는 것보다는 자존심을 굽히는 게 나았다.

쌔애액!

이미 넷이서 협공한 순간부터 정정당당과는 거리가 있기도 했고.

그래서 일노는 꺼낸 뒤에는 망설이지 않고 던졌다.

"흡!"

교묘하게 검강과 도강 사이로 파고드는 화탄을 유하성이

뒤늦게 발견했다.

강기에 가려졌기에 어느 정도 접근한 상태에서 화탄이 날아오는 걸 본 것이었다.

꽈앙!

피하기에는 늦었다고 판단한 것과 동시에 유하성은 쌍권을 내질렀다.

하지만 두 줄기의 권강은 화탄을 노리지 않았다.

화탄보다 훨씬 앞에서 충돌했다.

순간적으로 기지를 발휘해 피할 수 없다면 최대한 먼 곳에서 폭발시킨 것이었다.

콰과콰쾅!

그럼에도 폭발의 여파는 상당했다.

짙은 먼지구름과 함께 엄청난 후폭풍이 그를 덮쳤던 것이다.

금속 조각들은 물론이고 크고 작은 돌멩이들이 유하성이 서 있던 자리를 휩쓸었다.

"아직 안 죽었을 거다. 그러니 확실하게 죽여야 해."

"알겠습니다."

서서히 가라앉은 먼지구름을 향해 일노가 동생들을 데리고 걸어갔다.

순간의 기지로 유하성이 화탄을 먼저 터트린 걸 봤기에 그는 확신했다.

유하성이 살아 있을 거라고 말이다.

물론 멀쩡할 거라고는 생각하지 않았다.

휘이이잉.

때마침 바람이 불며 먼지구름을 날려 버렸다.

그러자 한쪽 무릎을 꿇고 있는 유하성의 모습이 보였다.

"대형. 그냥 날려 버리는 게 낫지 않겠습니까?"

아직 죽지 않은 눈빛으로 천천히 일어나는 유하성을 주시하며 이노가 입을 열었다.

이미 화탄을 사용했는데 한 번 더 사용한다고 해서 문제될 건 없어서였다.

지금이라면 확실하게 죽일 수도 있었고.

"소채주님이 붙잡혀 있는 걸 잊었느냐. 사지를 잘라 내도 저놈의 목숨은 붙어 있어야 해."

"아."

"그러니 데려와. 두 다리를 자르든, 두 팔을 잘라 버리든 해서."

"예."

여전히 입가에 흐르고 있는 피를 슥슥 닦으며 동생들이 앞으로 걸어갔다.

그러면서 각각 강기를 일으켰다.

굳이 가까이 접근할 필요 없이 강기를 늘려 사지를 잘라 낼 생각이었다.

"후우."

그 모습에 유하성이 심호흡을 했다.

하지만 무덤덤한 표정과 달리 그의 몸 상태는 썩 좋지 않았다.

이미 내공은 과도하게 사용해서 진즉에 바닥을 드러내고 있었고, 체력과 심력 역시 많이 떨어진 상태였다.

꾸욱.

그러나 포기할 생각은 없었다.

아직 그에게는 마지막 한 수가 남아 있었다.

다만 문제는 후유증이 심하다는 것이었다.

'시간도 제한적이고. 하지만 방법이 없다.'

함정일 거라 생각하고 충분히 대비했음에도 상대의 전력이 그 이상이었다.

특히나 화탄을 이렇게나 쉽게 사용하고 많이 가지고 있을 줄은 몰랐다.

때문에 형세가 너무나 불리했지만 아직 싸움이 끝난 건 아니었다.

"이놈 아직 포기하지 않았는데요?"

"그래 봤자지. 오늘 죽는 건 변함이 없다."

"우선 팔 하나부터 잘라 보죠. 흐흐!"

사노가 두 자루의 단검을 휙휙 돌리며 비소를 머금었다.

이미 다 잡은 것처럼 말이다.

그런데 그때 아주 미세한 파공성이 울렸다.

유하성조차도 겨우 들을 정도로 작은 파공성이 말이다.

푹.

그리고 파공성이 멈췄을 때 사노의 이마에서 피가 솟구쳤다.

동전 크기의 구멍이 생기며 거기에서 시뻘건 선혈이 뿜어져 나왔던 것이다.

"마, 막내야!"

순식간에 절명한 사노의 모습에 이노와 삼노가 기함을 쳤다.

그러나 둘은 막내를 걱정할 때가 아니었다.

이번에는 은밀한 공격이 아니라 무시무시한 기운이 둘을 덮쳐 왔다.

콰아앙!

느닷없이 쇄도한 빛줄기에 두 사람이 반사적으로 무기를 들어 막았으나 소용없었다.

워낙에 막강한 일격이었기에 둘 다 검강과 도강을 일으켰음에도 피를 토하며 뒤로 튕겨졌다.

그러고는 일어나지 못했다.

숨은 쉬고 있지만 정신을 잃은 상태였다.

"무, 무슨……!"

단 일격에 두 동생들을 무력화시킨 공격에 일노가 경악한 표정을 지었다.

그러면서 주변을 빠르게 두리번거렸다.

대체 누가 이런 공격을 날렸는지 확인하려는 것이었다.

저벅저벅.

잠시 후 유하성의 뒤쪽에서 느긋한 발자국 소리가 들려왔다.

그런데 그 발자국소리가 이상하게도 유하성에게는 익숙하게 들렸다.

"다, 당신은……!"

앞에 일노가 있기에 유하성은 고개를 돌리지 않았다.

생사가 오가는 상황에서 적에게 시선을 뗀다는 것은 죽여 달라는 뜻과 마찬가지였다.

그래서 일노를 주시하고 있는데 그의 표정 변화가 참으로 놀라웠다.

순식간에 창백해지다가 시커멓게 변했다.

"왜? 네놈들은 함정을 파도 되고, 나는 안 되나?"

"으으으!"

일노가 부들부들 떨었다.

그러나 그는 도망치지도, 그렇다고 달려들지도 못했다.

어느 쪽이든 결과는 이미 정해져서였다.

그걸 뒤집을 역량이 일노에게는 없었다.

"사백님?"

“흐흐! 너의 놀란 표정을 보니까 다시 한번 따라오길 잘했다는 생각이 드는구나.”

“어떻게 여기에 계신 겁니까?”

일노만큼이나 유하성도 놀랐다.

무당산에 있어야 할 명천이 그의 눈앞에 있어서였다.

“말했잖아. 함정은 저놈들만 팔 수 있는 게 아니라고. 더욱이 너와 같은 인재를 위험한 곳에 어찌 그냥 보내겠느냐. 넌 우리 무당의 보물이다, 보물.”

“허어.”

여전히 믿기지 않는다는 표정으로 유하성이 입을 벌렸다.

그 정도로 명천의 등장은 충격적이었다.

하지만 명천은 오히려 이게 당연하다는 듯이 씨익 웃으며 품속에서 요상단을 하나 꺼냈다.

“받아라. 일단 그것부터 먹고 내상부터 치료해. 기맥이 상한 거 같은데.”

“아직 전투가 끝나지 않았…….”

“뭘 안 끝나? 내가 왔는데.”

“컥!”

명천의 지풍에 일노가 순식간에 마혈을 점혈당하고는 쓰러졌다.

기절한 나머지 두 동생들도 마찬가지였고.

그리고 명천은 장난치듯 이춘상을 공격하는 이들에게 검

을 휘둘렀다.

쌔애애액!

그의 송문고검에서 뿌려진 검탄강기가 여섯 명의 중년인들에게 쇄도했다.

물론 중년인들도 순순히 당하고만 있지는 않았다.

혈풍사노가 명천에게 당한 걸 알았기에 각자 살길을 찾기 위해 사방으로 흩어졌다.

그러나 여섯 명이 전력을 다해 도주해도 검탄강기보다 빠르지는 못했다.

콰콰콰쾅!

비명도 남기지 못한 채로 여섯 명의 중년인들은 육편이 되어 흩어졌다.

단 한 명도 피해 내지 못했던 것이다.

과연 무당검선이라는 말이 절로 나올 정도의 신위에 모두가 입을 쩍 벌렸다.

"어, 어르신?"

"너도 꽤나 고생했구나."

"하하. 하성이만 하겠습니까."

"고생했다. 일단 치료부터 해."

"옙!"

명천의 등장에 이춘상의 얼굴이 밝아졌다.

점점 안 좋아지는 전황에 그 역시 불안감이 싹트던 차였다.

그런데 명천이 나타났기에 이춘상은 모든 걱정을 내려놓았다.

"어디 보자. 이걸 한번 시험해 볼까."

순식간에 점혈당해 굳어 있는 일노에게 다가간 명천은 품속을 뒤졌다.

화탄을 하나만 가지고 있을 것 같지는 않아서였다.

이춘상을 공격하던 중년인들에게는 화탄이 없다는 걸 확인했기에 명천은 일노의 품속을 뒤지다가 아예 옷을 싹 다 벗겨 버렸다.

"윽!"

"호오. 이렇게 보관하고 있었구먼. 확실히 만드는 걸 잘해서 그런지 보관함도 기술적으로 잘 만들었군. 근데 이게 진천뢰냐, 굉천뢰냐? 내 알기로 벽력문의 화탄은 두 종류 정도였던 거 같은데."

한순간에 고의(袴衣)차림이 된 일노가 입을 꾹 다물었다.

말해 주기 싫다는 듯이 말이다.

그 모습에 명천은 피식 웃으며 더는 묻지 않았다.

"다행히 하나뿐이군요."

"모르지. 저 세 놈들 중에 가지고 있는 녀석들이 있을지. 아마 감당할 수 있는 놈에게만 준 것 같은데. 아니면 비싸서 신분이 높은 놈들에게만 줄 수도 있고."

"근데 처음부터 다 보고 계셨던 겁니까?"

요상단을 먹고 약식으로 운기요상을 마친 유하성이 물었다.

하는 행동을 보니 전부 다 본 것 같아서였다.

"당연하지. 너를 어떻게 혼자 보내겠느냐? 무당산에서부터 몰래 뒤따랐지."

"무당산은 어쩌시고요?"

"본산에는 무율이도 있고, 사제도 있지 않더냐. 걱정할 필요 없다. 다들 제 몫은 하는 아이들이니. 그리고 적을 속이려면 아군부터 속이라는 말도 있지 않느냐."

"감사합니다."

"후후후."

명천이 아니었다면 이렇게 쉽게 정리하지는 못했을 것이기에 유하성은 고개를 숙이며 감사 인사를 했다.

그러자 명천이 흡족한 표정을 지었다.

물론 그렇다고 해서 가만히 있는 건 아니었다.

이쪽의 눈치를 살피며 슬금슬금 물러나는 군호표국의 표사들을 향해 화탄을 던졌다.

"피, 피해라!"

"젠장! 흩어져!"

섬광처럼 눈부신 속도로 날아오는 화탄의 모습에 부국주가 소리를 질렀다.

군호표국주가 인질로 잡혀 있기에 잠깐 고민했지만 그의 선택은 도주였다.

녹림계에서 사신이라 불리는 혈풍사노를 어린애 다루듯이 제압한 게 명천이었다.

더욱이 명천은 당대 천하십대고수의 일인이었기에 덤벼드는 건 섶을 지고 불구덩이에 들어가는 것과 같았기에 부국주는 충성심을 버리고 도주를 택했다.

꽈아아앙!

그러나 그들이 아무리 빨라도 명천이 날린 화탄보다 빠를 수는 없었다.

다행히 폭발의 중심지에서 멀리 떨어진 이들은 목숨을 건지긴 했으나 멀쩡한 이는 아무도 없었다.

"사용법은 간단하네. 일정한 충격이 있어야 터진단 말이지. 예전에는 심지에 불을 붙여야 했던 것으로 아는데."

"세월이 흘렀으니 그만큼 개발을 하지 않았겠습니까."

"그렇겠지."

명천이 씁쓸한 표정을 지었다.

화탄의 위력이 강할수록 이쪽이 입을 피해 역시 클 게 분명해서였다.

더욱이 화탄의 경우 무공을 익히지 않아도 사용할 수 있기에 더욱 위험했다.

"아이고, 그 아까운 걸! 화탄을 연구하려면 수량을 최대한

많이 확보해야 하는데!”

“이거에 대해 연구한다고 금방 따라 만들 수 있겠어? 어림도 없지. 누구나 만들 수 있었다면 진즉에 모든 문파가 화탄을 가지고 있었을 거다.”

“그래도 사천당가나 제갈세가에 맡기면 비슷하게나마 만들 수 있지 않겠습니까? 아니면 대응책이라도요.”

이춘상이 얼굴 가득 아쉬운 표정을 지었다.

굳이 화탄을 사용하지 않아도 되는데 쓴 것 같아서였다.

“여기에 하나 있습니다.”

“응?”

그때 등 뒤에서 원상의 목소리가 들렸다.

청년의 품속에서 일노가 가지고 있던 목궤랑 똑같은 걸 꺼냈던 것이다.

“아직 저놈들 품속도 안 뒤져 봤잖아.”

“제가 살펴보겠습니다!”

얼굴이 대번에 밝아진 이춘상이 여전히 기절해 있는 이노와 삼노에게 달려갔다.

그러고는 번개 같은 손놀림으로 품속을 뒤졌다.

하지만 아쉽게도 둘 다 허탕이었다.

“거지새끼들…….”

약간의 금전이 든 전낭 말고는 품속에 아무것도 없자 이춘상이 입술을 삐죽 내밀었다.

그래도 하나 정도는 있지 않을까 싶었는데 헛된 기대였다.

"시신도 있잖아."

유하성이 눈짓으로 사노를 가리켰다.

"두 명에게 없는데 있을까?"

그러나 이춘상은 크게 기대하지 않았다.

이노와 삼노에게도 없는데 사노에게 있을 거라고 생각하지 않아서였다.

역시나 예상했던 대로 사노도 허탕이었다.

심지어 전낭에도 돈이 얼마 없었다.

"저놈들은 어쩔 거냐?"

"정리해야지요. 사내대장부가 칼을 뽑았으면 끝을 봐야 하지 않겠습니까."

"그렇지."

단호한 유하성의 대답에 명천도 말리지 않았다.

강호의 은원은 확실해야 했다.

어중간하게 하면 되레 화를 당하는 게 무림이었다.

더욱이 명분은 이쪽에 있었다.

"저도, 저도 할래요."

"그래."

전장이 정리되자 백현승이 다가왔다.

자신의 키에 맞는 짤막한 검을 꼬나 쥐고서 말이다.

그리고 그 옆에는 핏발 선 눈으로 곽두일이 서 있었다.

살기를 숨기지 않으면서 말이다.

"가자."

"네."

"예."

그런 두 사람을 이끌고서 유하성이 앞장섰다.

둘의 마음이 어떨지 알았기에 유하성은 묵묵히 발걸음을 옮겼다.

그사이 이춘상은 규악중과 군호표국주를 심문하기 시작했다.

저벅저벅.

"사, 살려 주십시오!"

아무 말 없이 살기만 띤 채로 다가오는 두 사람의 모습에 다리 한쪽이 날아간 표사 하나가 간절히 말했다.

하지만 백현승은 삼십 대 초반으로 보이는 사내의 심장에 검을 찔렀다.

조금의 망설임도 없이, 그것도 목숨을 구걸하는 이를 죽였다.

"컥!"

"난 아직도 기억나. 아저씨들은 물론이고 쟁자수들을 웃으며 죽이던 네놈들이."

"여자들은 간살 했지."

익숙하지 않은 왼손에 검을 든 곽두일이 살기가 뚝뚝 떨어지는 어조로 말했다.

백현승과 마찬가지로 그 역시 기억이 생생했다.

비명을 지르며 죽어 가는 표사들, 하인들, 그리고 형제나 마찬가지였던 동생들의 모습까지.

특히 백현승을 맡기며 웃던 백기룡의 모습이 아직도 너무나 선명했다.

"저는, 저는 시키는 대로 했을 뿐입니다!"

"제발 살려 주세요!"

푸욱! 푹!

몇몇 표사들이 두 사람의 바짓가랑이를 붙잡고 매달렸지만 결과는 달라지지 않았다.

무표정한 얼굴로 검을 찔렀다.

그런데 그 모습이 유하성에게는 숭고하게 보였다.

단순히 복수를 하는 게 아니라 죽은 이들의 넋을 달래는 느낌이라고 할까.

"누구도 도망칠 수 없다."

"컥!"

화탄의 위력이 대단했으나 모두가 치명상을 입은 건 아니었다.

폭발의 외곽 지역에 있던 이들은 상대적으로 부상이 작았기에 유하성은 그들을 노렸다.

하지만 죽이지는 않았다.

이들을 끝내는 건 백현승과 곽두일의 몫이라고 생각해서였다.

"우, 우리를 죽이면 번천회가 가만히 있을 것 같으냐!"

"이미 돌이킬 수 없는 사이인 것 같은데."

부국주의 말에 유하성이 피식 웃으며 단전을 밟았다.

발바닥으로 발경을 넣어 단전을 파괴한 것이었다.

"끄으윽!"

단전이 찢어지는 선명한 고통에 부국주가 울부짖었다.

그러나 그 모습에도 유하성은 조금도 동정하지 않았다.

대신 한쪽에 우두커니 서 있는 설혜상과 설소연을 쳐다봤다.

누가 봐도 강제로 끌려와 있는 것처럼 보이는 두 사람을 말이다.

벌레 한 마리도 보이지 않는 을씨년스러운 대청표국에 백현승이 돌아왔다.

곳곳이 불타고 무너져 있었지만 백현승의 두 눈에는 여전히 과거의 모습이 선명하게 남아 있었다.

지이익. 지이익.

폐허나 다름없는 장원을 백현승은 규악중을 질질 끌고서

걸었다.

그 옆에는 곽두일이 밧줄로 대충 묶은 군호표국주를 끌고 있었다.

둘 다 두 명을 짐짝처럼 다루었던 것이다.

하지만 뒤따르는 누구도 그 모습을 보고 뭐라 하지 않았다.

"흐음."

대신 이곳에 처음 온 명천만이 침음을 흘렸다.

처참해도 너무나 처참해서였다.

시체는 없었지만 무너진 흔적과 핏자국만 봐도 얼마나 격렬한 전투가 벌어졌는지 능히 짐작할 수 있었다.

"……아버지."

"국주님."

떠났던 자세 그대로 누워 있는 백기륭의 시체에 백현승의 눈동자가 시뻘게졌다.

그러더니 이내 눈물이 방울방울 흘러내리기 시작했다.

아까 전에는 참았지만 지금은 참지 않겠다는 듯이 백현승이 울면서 유하성이 덮어 놓았던 피풍의를 살짝 걷었다.

그러고는 끌고 온 규악중을 그 앞에 무릎 꿇렸다.

"으읍! 읍!"

끌려오면서 생긴 자잘한 상처와 내상을 입기는 했으나 규악중은 죽은 부하들에 비하면 상대적으로 멀쩡한 상태였다.

그렇기에 규악중은 두려웠다.

자신을 왜 이곳까지 끌고 왔는지 이유를 너무나 잘 알아서였다.

하지만 아무리 발악해도 마혈과 아혈을 점혈당했기에 그가 할 수 있는 건 억눌린 신음 소리를 내는 것밖에 없었다.

툭.

그 모습에 유하성이 지풍을 날려 아혈만 풀었다.

어차피 장원에는 여기 있는 일행밖에 없기에 규악중이 아무리 비명을 지르고 악을 써도 상관없었다.

그리고 규악중이 고통스러워해야 백현승과 곽두일의 가슴에 맺힌 한이 조금이라도 풀릴 터였다.

“나, 나를 살려 주면…… 컥!”

푹!

아혈이 풀렸다는 걸 귀신같이 알아차린 규악중이 입을 열었다.

그러나 그의 말은 끝까지 이어지지 못했다.

검을 뽑은 백현승이 단숨에 그의 육신에 칼을 찔러 넣었던 것이다.

“절대, 절대 쉽게 죽이지 않을 거야. 그리고 당신도 똑같이 만들어 주겠어.”

피눈물을 흘리며 백현승이 말했다.

마치 지옥의 야차가 말하듯 백현승의 목소리에는 광기와

살기가 휘몰아치고 있었다.

그러고는 천천히 규악중의 몸에 칼을 찔렀다.

한데 그 위치가 백기륭이 입은 상처와 완전히 똑같았다.

"끄아아악! 끄윽!"

악귀와도 같은 얼굴로 백현승은 검을 찌르고 뽑기를 반복했다.

그러면서 지혈하는 것도 잊지 않았다.

과다 출혈로 죽는 건 절대 용납할 수 없었다.

"끄어억!"

옆에서는 곽두일이 백현승과 마찬가지로 군호표국주의 몸에 검을 찔러 넣었다.

지금도 눈을 감으면 기억이 선명했다.

불타오르는 장원, 동료, 형제들의 비명 소리.

그리고 살려 달라고 빌었으나 끝내 죽은 쟁자수들까지.

푸푹! 푹!

그들의 비명 소리가, 고통 가득한 신음 소리가 아직도 그의 귀에 선명하게 남아 있었다.

그래서 곽두일은 벌레처럼 꿈틀거리는 군호표국주를 결코 쉽게 죽일 수 없었다.

죽어 간 이들의 넋을 기리기 위해서라도 군호표국주는 계속해서 고통스러워해야 했다.

지금의 이 작업은 어떻게 보면 추모식이며 위령제였다.

"제발, 제발 죽여 다오. 이제 그만 죽여!"

결국 군호표국주는 스스로 죽여 달라고 빌었다.

살려 줄 가능성이 없다는 걸 알았기에 차라리 고통 없이 죽여 주었으면 싶었던 것이다.

하지만 곽두일은 그 말에 눈 하나 꿈쩍하지 않았다.

이건 시작에 불과했다.

"무슨 소리. 겨우 이 정도에 그러면 안 되지. 네놈 손에 죽은 이들이 몇 명인데."

유하성이 떠나고 일 년 동안 대청표국은 정말 많이 발전했다.

그리고 그 말은 많은 이들이 새로운 식구가 되었다는 뜻이기도 했다.

한데 그런 이들이 전부 죽었다.

백현승과 그를 제외한 모두가 죽었던 것이다.

그런데 그들을 죽인 이를 어찌 쉽게 죽일 수 있을까.

죽은 이들도 절대 그걸 바라지 않을 것이었다.

"끄아아악!"

"끄윽! 크흐헉!"

지독한 고통의 소리가 장원을 갈랐다.

그러나 눈살을 찌푸리는 이는 아무도 없었다.

오히려 모두가 경건하게 두 사람의 복수를 지켜봤다.

'미안하구려.'

비명과 괴성만이 폐허가 된 장원에 울려 퍼질 때 명천은 백기룡의 시신을 보며 묵념했다.

다시는 실수하지 않겠다고, 계속 신경 쓰겠다고 말한 게 고작 일 년밖에 되지 않았다.

그런데 이런 일이 벌어졌기에 명천은 고개를 들 수가 없었다.

더구나 대청표국은 어려운 형편 속에서도 끝까지 기부금을 내며 신의를 지킨 곳이었다.

'정말, 미안하오.'

명천이 다시 한번 고개를 숙였다.

이제 와 이런다고 해서 달라지는 건 없겠지만 그래도 명천은 마음속으로 깊이 사과했다.

저벅저벅.

각자의 방식으로 일행이 추모를 하고 있을 때 뒤에서 인기척이 들렸다.

그런데 그게 한두 명이 아니었다.

명천과 원상, 원호도 그걸 느낀 듯 몸을 돌렸다.

"아는 사람이더냐?"

"저도 처음 보는 사람입니다."

대여섯 명이던 인원이 어느 순간 스무 명이 되고, 마흔 명이 되었다.

게다가 다가오는 이들은 남녀노소 다양했다.

몇몇은 수레를 끌고 오기도 했다.

"저기……. 유 소협님이시죠?"

"맞습니다."

가장 나이가 많아 보이는 노인이 지팡이를 짚고서 조심스럽게 다가와 입을 열었다.

그 말에 유하성이 고개를 끄덕였다.

"저희는 이 인근에 사는 사람들입니다. 그리고 대청표국주님께 크고 작은 도움을 받았던 이들입니다. 대청표국주님께서 화를 당하실 때 아무것도 하지 못했지만요."

노인은 물론이고 함께 온 사람들이 부끄러움에 고개를 숙였다.

그러나 노인의 말을 듣고도 유하성은 나무라지 않았다.

무인들 간의 싸움에서 일반 양민들이 할 수 있는 건 아무것도 없었다.

또한 백기륭 역시 이들이 나서지 않길 바랐을 터였다.

"자책하지 않으셔도 됩니다. 제가 아는 백 국주님이시라면 절대 여러분을 탓하지 않으실 겁니다."

"흑흑."

"끄읍!"

별거 아닌 말이었으나 곳곳에서 훌쩍거리는 소리가 들렸다.

어쩌면 다들 이 말을 듣고 싶었는지도 몰랐다.

"국주님은 보는 눈이 많아서 지켜볼 수밖에 없었습니다. 하지만 다른 분들은 저희가 모셨습니다."

"설마?"

"예. 일단 임시로 묘비를 만들었습니다. 찢어진 부위도 최대한 맞춰 놓았습니다. 지금 가져온 건 유품들입니다."

"감사합니다. 정말 감사합니다."

유하성이 반색한 표정을 지었다.

그리고 그건 뒤에서 지켜보고 있던 명천도 마찬가지였다.

"아닙니다. 오히려 이것밖에 한 게 없어서 죄송한 마음뿐입니다."

"그렇지 않습니다. 여러분들께서는 정말 대단한 일을 하셨습니다. 목숨을 걸고 하신 것이지 않습니까."

유하성의 눈가가 촉촉해졌다.

대청표국을 멸문시키고 군룡도문은 복건성을 제 마음대로 주물렀을 터였다.

그런데 여기 있는 사람들은 그걸 알면서도 몰래 수습한 것이다.

들키면 결코 좋은 꼴을 당하지 않을 걸 알면서도 말이다.

아마 낮에는 보는 눈이 많아서 밤에 했겠지만 중요한 건 이들 역시 목숨을 걸었다는 점이었다.

그게 유하성은 너무나 고마웠다.

“정말, 정말 감사합니다.”

“크흑!”

곽두일과 백현승이 대화를 들었는지 피에 젖은 검을 내팽개치고서 다가왔다.

그러고는 노인의 손을 붙잡고서 눈물을 흘렸다.

안 그래도 다른 이들의 시신이 없어 어떻게 해야 하나 고민하던 차였다.

한데 이들이 수습해 주었다고 하자 둘은 너무나 감사했다.

“아닙니다. 저희야말로 죄송합니다. 고작 이것밖에는 한 게 없어서…….”

“그런 말씀 마십시오. 정말, 정말 훌륭한 일을 하셨습니다. 죽은 이들이 여러분께 정말 고마워할 겁니다. 저도 그렇고요.”

곽두일이 눈물을 흘리며 고개를 연신 저었다.

이들이 어떤 마음가짐으로 시신을 수습했는지 그 역시 알고 있어서였다.

그래서 그는 허리를 깊게 숙였다.

“아까운 인재가 너무 일찍 떠났구나.”

“그래도 의지는 잘 이어질 겁니다.”

“저 아이, 네가 돌볼 거지?”

"예. 사부님의 유일한 혈육이고, 저의 책임도 아예 없다고는 보기 힘드니까요."

"왜 네 책임이냐. 본 파의 책임이지."

명천은 고개를 저었다.

전후사정을 다 알고 있었기에 그는 확실하게 말할 수 있었다.

이번 사태는 절대 유하성의 잘못이 아니라고 말이다.

"대청표국을 다시 일으키는 것도 도와줄 생각입니다."

"나도 한 손 보태마."

"시간이 꽤 필요할 텐데요."

"말했잖느냐. 이십 년은 거뜬하다고. 그보다 너 영약을 좀 먹어야 할 거 같은데."

제32장 다시 돌아올 그날을 위해

명천이 옆에 선 유하성을 힐끔 쳐다봤다.

옷은 넝마가 되어 있었고, 곳곳에 자상이 가득했다.

지혈은 해 둔 상태지만 명천이 염려스러운 건 내상이었다.

특히 유하성이 어떤 방식으로 싸우는지 이번에 봤기에 그는 걱정이 될 수밖에 없었다.

"영약이 구하고 싶다고 바로 구해지는 건 아니지 않습니까. 비싸기도 하고."

"무당파 돈 많다. 네가 생각하는 것 이상으로. 단지 낭비를 하지 않고 있을 뿐이지."

"저보다는 다른 사람이 필요하지 않겠습니까."

"다른 사람 누구? 어중간한 녀석들에게 줄 바에는 확실한 이에게 주는 게 낫다."

명천이 단호하게 말했다.

간단하게 효율만 따져도 고민할 필요도 없는 문제였다.

하지만 두 사람의 대화는 더 이상 이어지지 않았다.

훌쩍이는 사람들 사이로 확연히 다른 말쑥한 복장을 한 이가 조심스럽게 다가와서였다.

"유 공자님."

"누구냐?"

명천의 날카로운 눈빛이 황의인에게 쏘아졌다.

무복이 아닌 평범한 장삼을 입고 있는 황의중년인이었는데 명천의 매서운 시선에 움찔거리며 어색하게 웃었다.

"저, 저는 주연 아가씨의 사람입니다."

"주연?"

명천이 고개를 갸웃거렸다.

뜬금없이 이게 무슨 소리인가 싶어서였다.

그래서 옆에 있는 유하성을 돌아봤는데 그도 고개를 갸우뚱거리고 있었다.

"익숙한 이름이기는 한데. 아, 황 소저?"

"맞습니다!"

간절하다 못해 애절한 눈빛으로 유하성을 바라보던 황의중년인이 반색한 표정을 지었다.

설마 기억하지 못하는 건 아닐까 조마조마한 심정이었는

데 다행히 늦지 않게 기억해 내자 그는 안도의 한숨을 내쉬었다.

"그런데 왜 저를?"

"아가씨께서 이걸 유 공자님께 전해 드리라 하셨습니다. 그럼 저는 이만."

품속에서 곱게 접힌 서찰을 꺼내 공손하게 전달하고서 황의중년인이 몸을 돌렸다.

나타났을 때와 마찬가지로 훌쩍 벗어났던 것이다.

그 모습에 유하성은 다시 한번 고개를 갸웃거리고는 서찰을 내려다봤다.

그런데 재미있게도 제갈령령과 마찬가지로 황주연 역시 무당산에 보냈던 봉투와 똑같은 봉투에 인장을 찍어서 보냈다.

"황주연이가 누구야?"

"이번 용봉회 때 사백께서도 만나셨는데요."

"응? 진짜? 근데 왜 난 기억에 없지?"

"금와장주의 여식입니다."

"아!"

명천이 뒤늦게 고개를 주억거렸다.

이제야 황주연이라는 이름이 합쳐지며 얼굴이 떠오른 것이었다.

한데 그의 표정이 삽시간에 변했다.

갑자기 음흉한 표정을 지으며 팔꿈치로 유하성의 팔을 툭 툭 건드렸다.

"은근히 능력이 좋단 말이지."

"그런 거 아닙니다."

"그럼 네 녀석이 목석인 걸 알아서 저쪽에서 적극적으로 나오는 걸지도 모르겠구나. 금와장이라. 황주연이가 금와장의 막내딸이었나?"

"딸이 하나 더 태어나기 전까지는 막내딸이겠지요."

"그쪽 집안도 어떻게 보면 대단하다니까. 자식이 도대체 몇 명이야? 내가 괜히 기억을 못 하는 게 아니라니까."

바로 기억하지 못하는 게 당연하다는 듯이 명천이 투덜거렸다.

금와장이 중원에서 유명하기는 하나 무당파와 깊은 관계는 아니었다.

게다가 자식들이 한둘이 아니었기에 바로 떠올리지 못하는 건 당연했다.

"여러 의미로 대단하시긴 하죠."

지이익.

명천의 말에 일정 부분 동조하며 유하성이 봉투를 뜯었다.

그러고는 찬찬히 황주연이 보내온 서신을 읽어 내려갔다.

태어나서 처음으로 백현승은 하루 만에 수십 명을 죽였다.

그것도 저항할 수 없는 사람들을 말이다.

하지만 죄책감은 들지 않았다.

그가 죽인 이들은 사람의 탈을 쓴 악마들이었다.

스극. 슥.

대청표국이 무너지던 날이 백현승은 아직도 기억에 선명했다.

식솔들이 부르짖는 비명, 신음 소리, 그리고 피를 흘리는 모습.

그들 중에는 눈도 감지 못하고 죽은 그 또래의 아이들도 있었다.

때문에 백현승은 조금의 죄책감도, 동정심도 들지 않았다.

"먼저 와 계셨군요, 소국주님."

"곽 표두님."

"저도 돕겠습니다."

폐허나 다름없었던 장원은 어느 정도 정리가 되었다.

그렇다고 해서 무너진 건물이 다시 세워진 건 아니지만 어제와 달리 많이 깔끔해진 상태였다.

그리고 장원의 북쪽에 백현승은 임시로 사당을 만들었다.

거기에 백기륭을 비롯해서 죽은 이들을 모셨던 것이다.

"거의 다 만들었습니다. 직접 만든 건 처음이라 많이 조잡하지만요."

"설마 밤새 만드신 겁니까?"

곽두일이 두 눈을 휘둥그레 떴다.

아무리 대청표국의 규모가 그리 큰 편이 아니라고 하지만 죽은 이들만 이백 명 가까이 되었다.

그런데 그들의 위패를 거의 다 만들었다고 하자 곽두일은 진심으로 놀랐다.

"잠이 안 와서요."

"그래도 어제 그 일까지 있었는데……."

곽두일의 얼굴에 걱정이 떠올랐다.

비록 직접적인 전투는 치르지 않았으나 심적으로 많이 힘들었을 터였다.

물론 복수를 했기에 가슴에 쌓여 있던 한은 풀렸겠지만 그거와 체력은 별개였다.

더욱이 백현승은 아직 성장기였기에 곽두일은 염려스러웠다.

"괜찮습니다. 대청표국을 지켜 주신 분들에 비하면 하룻밤 새운 건 아무것도 아닌걸요."

"저도 같이 만들겠습니다."

"감사합니다."

"다시, 돌아올 수 있겠죠?"

"아뇨. 반드시 돌아올 거예요."

조심스럽게 입을 여는 곽두일에게 백현승이 확신하듯 말했다.

그의 고향은 복주였다.

또한 그에게는 반드시 대청표국을 일으켜 세워야 한다는 의무와 책임이 있었다.

죽은 이들을 위해서라도 백현승은 반드시 대청표국을 다시 세울 생각이었다.

'더 크고, 더 강하게. 다시는 이런 일이 벌어지지 않도록.'

백현승이 이를 악물었다.

이 모든 게 다 힘이 없었기에 벌어진 일이었다.

그래서 백현승은 다짐했다.

다시는 이번과 같은 일이 벌어지지 않도록 강해지겠다고 말이다.

'적어도 이 소협만큼 강해지지 않으면 하산하지 않겠어.'

백현승의 두 눈이 활활 불타올랐다.

최소한의 목표로 이춘상을 잡은 것이었다.

욕심 같아서는 유하성을 목표로 삼고 싶었지만 그도 알고 있었다.

지금의 유하성 정도로 강해지는 게 얼마나 말도 안 되는지 말이다.

'목표는 크게 잡으라고 하지만, 그래도 실현 가능성은 있

어야지.'

그라고 욕심이 없을까.

마음은 백현승도 유하성처럼 강해지고 싶었다.

그러나 이제는 할 수 있는 것과 할 수 없는 걸 구분해야 했다.

일단 이춘상의 경지에는 오른 후에야 유하성을 논하는 게 맞았다.

"저도 함께하겠습니다. 그땐 저도 지금과 많이 달라져 있을 겁니다."

곽두일이 두 눈을 형형하게 빛냈다.

비록 지금은 몸을 만들며 신체 균형을 잡는 수준이었지만 다음에 올 때는 달라질 것이었다.

좌수검에 맞게 무공도 수정하고 있었고.

때문에 곽두일은 스스로에게 다짐하듯 말했다.

"감사합니다, 곽 표두님."

"아닙니다. 표두로서 당연히 해야 할 일입니다. 저의 목표이기도 하고요."

평생을 바쳐 온 곳이 대청표국이었다.

그렇기에 곽두일 역시 어떻게든 재건하고 싶었다.

단둘밖에 없지만 반대로 말하면 혼자가 아니었다.

"밤을 새운 모양이구나."

"형님!"

"무리하는 건 성장에 좋지 않지만, 어제는 그럴 수밖에 없는 상황이었으니까."
"하하하."
"오전에 할 일에 대해서는 알고 있지?"
말끔한 신색으로 유하성이 다가왔다.
어제 내상이 좀 심해 보였는데 지금은 말짱해 보였다.
"넵! 다 계산해서 만들고 있었습니다. 근데 속은 좀 괜찮으세요?"
"가벼운 내상이었어. 이 정도 내상은 연구할 때 일상이기도 하고. 내상에는 누구보다 익숙해."
"그래도 늘 조심해야 하는 게 내상이라고 들었습니다. 완치가 된 것 같아도 보이지 않는 흔적이 있다고 들었어요."
"무당파의 요상단은 효과가 좋거든. 물론 가장 좋은 건 요상단을 먹지 않는 것이지만."
유하성이 옅게 웃으며 백현승의 어깨를 다독여 주었다.
예전에는 머리를 쓰다듬어 주었지만 이제 백현승은 대청표국의 국주나 마찬가지였다.
그러니 그에 맞게 대우해 주는 게 옳았다.
슬슬 코 밑에 수염이 날 기미를 보이고도 있었고.
"앞으로 준비할 게 정말 많은 것 같아요."
"그래서 포기하게?"
"아니요. 어떻게든 해내야죠. 대청표국을 생각해 주는 사람들이 얼마나 많은데요. 그분들이 돌아가시기 전에 무조건 돌아올 거예요. 일단 계획은 십 년이에요."

"십년지대계인 건가?"

"그렇죠."

백현승이 씨익 웃었다.

십 년이라는 세월은 길다면 길고 짧다면 짧은 시간이었다.

하지만 중요한 건 그 시간을 어떻게 사용하느냐였다.

물론 계획이라는 게 다 뜻대로 되지는 않았으나 중요한 건 계획을 세우고, 준비하며, 실행하는 것이었다.

"시작이 반이라는 말도 있으니까."

"다 됐어요! 이제 갈까요?"

"전표는?"

"다 챙겼어요. 모자라지 않게 넉넉하게요."

"좋아."

고개를 끄덕인 유하성이 몸을 돌렸다.

오늘은 오전부터 할 일이 있었다.

반드시 해야 하는 일이.

유하성이 몸을 돌리자 백현승이 나란히 따라붙었고, 그 뒤를 곽두일이 따랐다.

"제가 어떻게……."

"괜찮습니다. 받으세요."

세월의 풍파가 고스란히 느껴지는 깊은 주름이 가득한 얼굴로 중년의 여인이 연신 손사래를 쳤다.

백현승의 사정을 뻔히 아는데 이런 돈을 받을 수는 없어서였다.

자식이 죽은 건 너무나 슬프지만 애초에 표국에 들어간 이상 이건 언제나 감당해야 하는 일이었다.

물론 아들이 목표로 했던 표사는 되지 못했으나 그래도 대청표국의 일원이었다.

"저는 받을 수 없어요."

"이건 일종의 위로금이에요. 동시에 따로 이렇게 찾아뵈어 꼭 사과를 드리고 싶었어요. 제가 못나서 대청표국을 지키지 못했고, 이춘이를 지키지 못했습니다. 정말 죄송합니다."

전표가 담긴 봉투를 내밀며 백현승이 중년 여인을 향해 고개를 깊게 숙였다.

그러자 중년 여인이 화들짝 놀라며 마주 허리를 숙였다.

"아니, 소국주님!"

"물론 이게 위로가 될 수 있을지는 잘 모르겠어요. 하지만 그래도 조금은 도움이 될 게 분명합니다. 금액도 생각하신 것보다 크지 않습니다."

"저는, 저는……."

죽은 아들이 생각나는 모양인지 중년 여인의 눈동자가 순식간에 촉촉해졌다.

그리고 그 모습에 백현승의 가슴도 먹먹해졌다.

"폐허가 된 장원을 정리하는 것도 도와주셨잖아요. 그러니 받아 주세요."

"크흑!"

백현승이 중년 여인의 손에 봉투를 조심스레 넘겨주었다.

절대 무례하지 않게, 오히려 얼굴 가득 죄송한 표정으로 말이다.

"정말, 정말 죄송합니다. 저를 탓해 주세요. 제가 못나고 부족해서 벌어진 일이니까요."

"아니에요. 저는 물론이고 다른 사람들도 알고 있어요. 절대 소국주님 때문에, 대청표국이 잘못해서 벌어진 게 아니라는 걸요."

중년 여인이 눈물을 참았다.

자칫 잘못하면 오열할 것 같았기에 그녀는 감정을 어떻게든 추슬렀다.

그러고는 되레 백현승을 위로했다.

그녀가 자식을 잃었듯이 백현승 역시 부모와 가족을 잃었다.

"그리 말씀해 주셔서 감사합니다."

"다시 돌아오실 거죠?"

"네. 제가 돌아와야 할 곳은 여기니까요. 오래 걸리더라도 반드시 돌아올 겁니다."

"꼭 돌아오셔야 해요."

중년 여인이 잡고 있던 백현승의 두 손을 강하게 움켜쥐었다.

근데 연결된 손에서 말로 형언할 수 없는 많은 감동들이 전달되었다.

그래서 백현승은 자기도 모르게 울컥했다.

"예. 꼭 돌아올게요."

적어도 부모님이, 그리고 대청표국이 잘못 산 것 같지는 않다는 생각에 백현승은 뿌듯하면서 슬펐다.

이 감정을 아버지도 느꼈으면 정말 좋아하셨을 텐데 이제 백기룡은 없었다.

하지만 그의 의지를 자신이 대신 이어 갈 생각이었다.

대청표국이라는 이름처럼 말이다.

"다음에 뵐 때까지 평안무탈하시길 기원하겠습니다."

중년 여인은 다시 한번 백현승의 손을 꼭 붙잡았다.

그의 앞날을 기원하듯이 말이다.

백현승 역시 그런 그녀에게 다시 한번 고개를 숙이고는 천천히 몸을 돌렸다.

이제 시작이었고, 아직 가야 할 곳이 많았다.

"벌써부터 울면 어떡해? 이제 한 곳 끝냈는데."

"……사내대장부는 태어나서 세 번만 운다는데, 이건 아무리 봐도 거짓말 같아요."

"가급적 울지 말라는 뜻이지. 울면 약해 보이니까."

"그럼 전 눈물이 많은 강자가 되겠어요."

유하성이 피식 웃었다.

어째 희한하게 결론을 내는 것 같아서였다.

하지만 그러면서도 유하성의 시선은 빠르게 주변을 훑었다.

복주 곳곳을 돌아다녀야 하는 만큼 아무래도 안전에 신경 쓸 수밖에 없었다.

군룡도문과 군호표국을 날려 버렸다고 하나 그렇다고 안전하다고 장담할 수는 없었다.

더욱이 종표파자의 제자를 사로잡은 만큼 녹림십팔채가 움직일 수도 있었다.

'사백께서 계신 걸 아니 함부로 움직이지는 않겠지만 그래도 대비해서 나쁠 건 없지.'

괜히 유하성이 따라 나온 게 아니었다.

다 대비하기 위해서였다.

그리고 백현승은 사부의 마지막 혈육이기도 했고.

사촌이며 외가며 모든 혈족이 다 죽었기에 백현승은 진짜 혼자밖에 남지 않았다.

"흠흠! 필요할 때 눈물을 흘리는 건 괜찮습니다. 너무 냉정해도 좋지 않습니다. 사람을 포용하기 위해서는 따뜻한 마음이 반드시 필요합니다."

"맞아요. 그래서 전 아버지처럼 되되, 강한 무인이 될 거예요."

"소국주님은 꼭 그리되실 겁니다."

"곽 표두님도 포기하지 마세요."

백현승이 곽두일을 돌아봤다.

모두가 검객으로서의 생명은 끝났다고 말했다.

그러나 백현승은 아니었다.

과거 강호에는 좌수검이나 좌수도로 명성을 날린 이들이 충분히 있었기에 백현승은 곽두일도 그럴 수 있을 거라 생각했다.

"전 죽을 때까지 소국주님을 모실 겁니다. 나가라고, 떠나라고 할 때까지요. 그리고 유 소협이 계시지 않습니까. 해 볼 수 있는 데까지는 해 볼 생각입니다."

"저도 형님을 믿습니다. 형님이 아니었다면 이렇게 위로금을 전달하지도 못했을 테니까요."

등에 메고 있는 봇짐에는 수백 장의 전표가 있었다.

그것도 하나하나 따로 봉투에 담겨져서 말이다.

이걸 다 전달하려면 오늘 하루가 짧았다.

"가자. 갈 길이 멀다."

"네!"

아침 공기를 가르며 세 사람이 골목을 가로질렀다.

조용한 방 안에서 이춘상이 침상 위에 가부좌를 틀고 앉아 있었다.

그런데 그의 표정이 심상치 않았다.

어제의 전투가 이상하게 찝찝해서였다.

'기분이 참 묘했단 말이지. 아니, 정확하게는 더러웠다고나 할까.'

운기조식은 진즉에 마쳤다.

그럼에도 이춘상이 가부좌를 풀지 않고 있는 건 어제 있었던 중년인들과의 전투 때문이었다.

군호표국의 표두들이나 표사들은 사실 그렇게까지 힘들진 않았다.

분명 숫자도 많고 제법 고수들도 있었으나 상대하지 못할 정도는 아니었다.

'그놈들. 일개 녹림도라고 할 수 있는 수준이 아니었어.'

이춘상의 미간에 깊은 골이 생겼다.

산적 나부랭이라고 부르는 게 바로 녹림도였다.

물론 여섯 명의 중년인이 녹림도 중에서도 명문이라 할 수 있는 녹림십팔채 출신이며 총표파자의 제자를 지키는 호위무사라고 하나 그래도 지나칠 정도로 수준이 높았다.

하지만 이춘상의 신경을 건드는 건 중년인들의 실력이 아

니었다.

'내가 아무리 삼십육로타구봉법(三十六路打狗棒法)의 성취가 그리 높지 않다고 하지만, 그래도 산적들에게 읽힐 정도는 아닌데 말이지.'

이춘상의 신경을 건드는 건 바로 이것이었다.

묘하게 중년인들은 그의 몽둥이질을 잘 막았다.

마치 알고 있는 것처럼 말이다.

물론 완벽한 수준은 아니었지만 예상했던 것보다는 익숙하게 잘 막았다.

"흐음. 이상하게 기분이 더럽단 말이지."

이춘상이 코를 찡긋거렸다.

그냥 우연이라고 치부할 수도 있었다.

무공은 형(形)만 안다고 해서 다 아는 게 아니었다.

형도 중요하지만 더 중요한 건 그 형 안에 담긴 진의였다.

"한번 조사해 볼 필요는 있겠어."

우연의 일치일 수도 있으나 이춘상은 결정을 내렸다.

현재 번천회와의 일전은 피할 수 없었다.

그렇다면 아무리 사소한 것이라도 그냥 넘겨서는 안 되었다.

더욱이 십천이라 불리는 천주들의 제자들 또한 실력이 만만치 않았기에 이 부분도 깊게 조사해야 했다.

"그러고 보니 반응이 없네. 총표파자의 제자가 사로잡혔는데.”

이춘상이 고개를 갸웃거리며 입맛을 다셨다.

아무리 여기에 무당검선이라 불리는 명천이 있다고 하지만 너무 조용해서였다.

물론 이제 하루가 지났을 뿐이지만 어제의 소식이 총표파자에게 전해지지 않았을 가능성은 없었다.

“한꺼번에 많은 인원이 움직이면 제아무리 녹림십팔채라고 해도 개방의 눈에서 벗어날 수는 없지. 온다면 그에 맞춰 대응하면 되는 일이고. 그나저나 어제 하성이가 펼쳤던 무공, 십단금 같은데.”

툭툭.

이춘상의 손가락이 무릎을 두드렸다.

어제 유하성이 펼쳐 보였던 패도적인 일격은 지금도 기억에 선명히 남아 있었다.

그 정도로 어제 펼쳐 보인 무공은 인상적이었다.

실전된 무공을 본능적으로 떠올릴 정도로 말이다.

“면장을 복원했는데 십단금이라고 복원하지 말란 법 없지.”

원래 비장의 한 수는 꼭꼭 숨겨 두는 법이었다.

게다가 유하성이 재해석한 태극권이라는 진무 태극권은 강맹한 초식이 있긴 해도 어제의 일격처럼 패도적인 느낌은 들지 않았다.

그렇기에 이춘상은 어제 유하성이 펼친 무공이 십단금일 가능성이 높다고 생각했다.

“면장과 십단금이라. 그래, 그 정도는 되어야 나의 호적수답지. 암! 따라잡을 의지가 마구마구 샘솟는구만!”

수상하고 괴이쩍은 건 잠시 미뤄 두고 이춘상이 눈을 빛냈다.

친구의 무위에 기가 눌리기보다는 오히려 호승심이 솟구쳐서였다.

짝짝!

“해 보자고!”

양손으로 뺨을 크게 때린 이춘상이 자리에서 벌떡 일어났다.

수련도 중요하지만 우선은 먼저 해야 할 일이 있었다.

그것부터 처리하고 수련할 생각이었다.

새벽부터 유하성은 복주 인근의 야산을 올랐다.

대부분이 처음 가는 곳이었지만 황주연이 보내 준 지도 덕분에 생각보다 쉽게 길을 찾을 수 있었다.

“지도는 우리도 잘 만드는데 말이지. 공개를 안 해서 그렇지.”

"근데 개방에 이렇게 도움을 받아도 되나 모르겠다."

"너랑 내가 친구인데 괜찮아. 어르신이랑 사부님과도 사이좋잖아. 젊었을 적에는 같이 술도 자주 마셨다고 하시던데. 대를 이어 우리도 친구고. 게다가 네가 받기만 할 건 아니잖아?"

"당연하지. 다 같이 고생했는데 얻는 게 있으면 나눠야지. 근데 돈을 주면 적선하는 게 되나?"

"상관없어. 우리는 다 받아. 돈이든 음식이든 다 좋아. 똥만 아니면 돼."

이춘상이 키득거렸다.

그냥 부려 먹는 것도 아니고 합당한 대가를 줄 게 분명했다.

유하성의 성격상 아마 꽤나 후하게 줄 게 분명했기에 이춘상은 걱정할 거 없다는 듯이 손을 휘휘 저었다.

"설마 그러려고. 다만 이렇게 사적으로 인력을 동원해도 되나 싶어서 그렇지."

"괜찮다니까. 나도 공격당했잖아. 명분은 충분해. 게다가 이런 일은 믿을 만한 곳에 맡기는 게 가장 좋지. 제갈세가는 너무 멀고, 금와장은 아무래도 저쪽 눈치를 살필 수밖에 없으니까. 괜히 번천회와 척을 질 필요는 없지. 그래서 비밀리에 접선한 거 아냐?"

"맞아."

대청표국의 장원에서도 황주연은 몰래 서신을 전해 주었었다.

마치 금와장과 자신의 접점을 들켜서는 안 된다는 듯이 말이다.

하지만 서운한 감정은 없었다.

선의를 베푸는 건 좋지만 중요한 건 자기 자신이었다.

더욱이 황주연은 금와장주가 신뢰하는 딸이었다.

그런 만큼 일거수일투족을 조심해야 했다.

"근데 놀랍네. 그 정도로 세밀하게 지도를 만들어서 가지고 있을 줄이야. 괜히 중원 상계의 거물이 아니라는 건가."

"이것도 팔면 상당한 돈을 받을 수 있겠지."

"당연하지. 표국이나 상계에는 보물이나 마찬가지지. 나도 탐이 나는데."

"금와장에 보상할 것도 좀 떼어 놓아야겠어."

"확실한 게 가장 좋지. 금액이 적건 많건 중요한 건 성의니까. 나를 신경 써 주느냐, 아니냐. 사람은 은근히 사소한 거에 섭섭함을 느끼니까."

거래 관계에 있어서 받은 게 있다면 그만큼 주는 게 맞았다.

그래야 그 관계가 오래 유지됐다.

때문에 이춘상은 유하성이 금와장에 얼마 정도 떼어 준다고 해도 이상하다고 생각하지 않았다.

사람은 기본적으로 염치가 있어야 했다.

'적어도 나 정도는 되어야 하지.'

가끔 진상, 밉상이라는 말을 듣지만 그래도 그는 남을 등쳐 먹거나 뒤에서 험담하지는 않았다.

차라리 앞에서 대놓고 까면 모를까.

푸히히힝!

유하성과 나란히 우거진 산길을 가로지르던 이춘상이 갑자기 들려오는 투레질 소리에 고개를 돌렸다.

그리고 그건 유하성도 마찬가지였다.

"어?"

"왜 그래? 그냥 야생마 아냐?"

갑자기 발걸음을 멈추는 유하성의 모습에 이춘상이 의아한 표정을 지었다.

야생마를 흔하게 볼 수 있는 건 아니지만 그렇다고 아예 못 보는 건 아니었다.

실제로 야생마를 잡아 마시장에 팔아 생계를 유지하는 이는 의외로 많았다.

다만 야생마를 잡기가 쉽지 않아서 그렇지.

"아는 녀석 같아서."

유하성이 그리 말하며 성큼성큼 수풀을 가로질렀다.

그런데 유하성이 다가가는데도 말은 움직이지 않았다.

보통은 사람의 냄새를 맡으면 냅다 도망가는 게 야생마인데 말이다.

푸르르르.

한데 야생마는 오히려 유하성과 시선을 똑바로 마주하며 천천히 다가왔다.

마치 반가운 듯이 투레질을 하면서 말이다.

"아는 녀석이라고?"

"응. 예전에 산채에 붙잡혀 있었는데 구해 줬었어."

겁도 없이 다가온 흑마를 유하성은 부드럽게 쓰다듬어 주었다.

그러자 흑마가 경계도 하지 않고 두 눈을 감았다.

그 모습에 이춘상이 살짝 놀랍다는 표정을 지었다.

"영리한 녀석이네. 일 년이 훌쩍 넘었는데도 널 기억하는 걸 보면."

"그러게."

얌전히 손길을 받아들이고 있는 흑마의 모습에 유하성도 고개를 주억거렸다.

설마하니 이곳에서 마주칠 줄은 몰라서였다.

이 녀석과의 인연은 헤어지던 날이 마지막이라고 생각했었다.

"지나가다가 널 보고 다가온 건가?"

"그럴 수도 있고. 어쨌든 반갑네."

생각지도 못한 재회였기에 유하성은 진심으로 반가웠다.

헤어질 때와 달리 건강하다 못해 거대한 모습이 신기하기도 했고 말이다.

나름 일 년간 강호유람을 하면서 다양한 말들을 봤는데 흑마보다 더 큰 말들은 있었어도 이렇게 건장하면서도 잘빠진 말은 없었다.

"요놈 범상치가 않은데. 딱 봐도 명마 느낌인데."

푸르륵.

유하성의 손길에 가만히 있던 것과 달리 이춘상이 다가와 주위를 빙빙 돌자 흑마가 경고하듯 거칠게 투레질을 했다.

콧구멍을 벌렁거리며 이춘상의 움직임을 예의 주시했던 것이다.

만약 올라타려는 기미가 있다면 냅다 머리로 받아 버리겠다는 기세에 이춘상이 실소를 흘렸다.

말이 통하지는 않았지만 눈빛이 정말 그랬다.

"작년에 봤을 때는 완전 말랐었는데. 비쩍 말라서 성깔만 부리던 녀석이 이렇게나 멋있게 자랄 줄이야."

푸히히힝!

마치 말귀라도 알아듣는 것처럼 흑마가 우쭐대듯 고개를 한껏 치켜들고 투레질을 했다.

그런데 그 모습마저도 멋있었다.

천하의 이춘상이 지적하지 못할 정도로 말이다.

"인연이긴 한가 보네. 여기서 마주칠 줄이야."

"원래 이 근방에서 지내던 녀석이니까. 운 좋게 만난 거겠지. 앞으로도 건강해라."

유하성이 목덜미를 부드럽게 쓰다듬어 주었다.

반가웠지만 만남은 여기까지였다.

그는 할 일이 있었다.

푸힝.

짧은 인사와 함께 유하성은 몸을 돌렸다.

그리고 그 뒤를 이춘상이 곧바로 따라잡았다.

한데 놀랍게도 흑마 역시 두 사람의 뒤를 따랐다.

"어? 저 녀석 우릴 따라오는데?"

"방향이 같은가 보지."

"근데 보통 말은 무리 생활을 하지 않나? 수말 한 마리에 암말들이 떼로 모여서 무리를 이루는 걸로 아는데. 더구나 저 녀석 정도면 백 마리도 우습게 데리고 다닐 것 같은데 왜 혼자지?"

"그러고 보니 그러네."

유하성이 순간 고개를 끄덕였다.

아무리 사람과 말의 심미관이 다르다고 하나 흑마는 누가 봐도 건강해 보였다.

활력이 넘치다 못해 폭발하는 느낌이라고나 할까.

병에 걸린 동족을 버리기까지 하는 동물들의 습성을 생각하면 확실히 이춘상의 말대로 이상하기는 했다.

"그냥 구경하러 오는 건가. 말도 호기심이 있을 거 아냐? 게다가 너하고는 인연도 있으니 산책 겸 구경하러 따라오는 걸지도 모르겠다."

"그럴 수도 있겠다."

"거의 다 왔지?"

"응."

유하성이 달리면서 품속에 있는 지도를 꺼냈다.

그런데 지도를 보면서도 유하성은 아무렇게나 자라나 있는 나뭇가지에 단 한 번도 쓸리거나 찔리지 않았다.

빠른 속도를 유지하면서 익숙하지 않은 길을 너무나 평온하게 가로질렀다.

"저곳 같은데?"

"지도상에는 이 근방이라고 나와 있어. 아무리 금와장이라도 산채의 정확한 위치를 알아내는 건 쉽지 않으니까. 대략 짐작할 뿐이지."

"내 직감이 말해 주고 있어. 저기 울창한 곳이 수상하다고 말이야. 너무 자연스러워서 위화감이 든다고나 할까."

"일단 들어가 보자고. 기척은 없지만 함정이 있을 수도 있으니까."

"화탄이 있을 가능성도 있고."

부웅! 붕!

혈풍사노 중 일노와 총표파자의 제자만 가지고 있던 걸 생각하면 이곳에 화탄이 있을 가능성은 희박했다.

하지만 만사불여튼튼이라고 했다.

조심해서 나쁠 건 없었기에 이춘상은 근처의 나뭇가지 하나를 꺾어서 장대처럼 사용했다.

수상해 보이는 곳을 푹푹 찔러 보며 이동했던 것이다.

"인기척이 없어서 안에 모여 있을 거라 생각했는데, 그냥 내뺐네."

"그러게. 복주에서 가까워서 그런가. 이 녀석들 빠른데."

이춘상의 예상대로 교묘하게 위장된 수림을 헤치며 들어가자 탁 트인 고원이 드러났다.

곳곳에 낮게 지어진 목조건물들이 꽤나 많은 인원이 여기에서 생활했음을 알려 주었다.

그러나 어디에서도 인기척은 느껴지지 않았다.

푸르르르.

유하성을 따라 안으로 들어온 흑마가 신기한 듯 커다란 눈망울을 껌뻑였다.

이 정도 규모의 공간이 안에 있을 줄은 몰랐다는 표정이었다.

"어쩐지 조용하다 싶었어."

"일단 창고부터 가 보자. 하루 만에 모든 걸 가져가지는 못했을 거야. 두목의 처소부터 확인해 보자고."

눈을 씻고 찾아봐도 머리카락 하나 보이지 않는 풍경에 이춘상이 몸을 날렸다.

물론 꼼꼼하게 주변을 확인하는 것도 잊지 않았다.

모든 걸 버렸다는 뜻은 이곳을 날려 버려도 된다는 뜻이었기에 이춘상은 긴장감을 풀지 않았다.

"다 들고 튀었네."

"허참."

이춘상의 뒤를 따라 걸어간 유하성이 헛웃음을 흘렸다.

애초에 쌓아 둔 물건이 없어서 그런지, 아니면 소식을 듣자마자 챙길 걸 다 챙기고 튄 것인지 창고는 휑했다.

자잘한 것들은 남아 있었으나 괜히 안 가져간 게 아닌 듯 물건의 가치는 그리 높지 않았다.

무겁기만 하고 비싸지도 않기에 그냥 버리고 간 듯했다.

"일단 개방도들을 부르자고. 다 가져가면 그래도 얼마 정도는 나오겠지. 그런 다음에 싹 다 날려 버리자."

"다시 사용하지 못하게 말이지?"

"응. 위치가 발각되긴 했지만 근방에 이만한 곳도 없으니까. 분명 잠잠해지면 다시 와서 사용할 거야. 그러니 우리가 깔끔하게 정리해 주자고. 굳이 건물을 부술 것 없이 다 묻어 버리자."

"호오."

이춘상이 솔깃한 표정을 지었다.

산세가 주위를 둘러싸고 있기에 밖에서는 이곳이 전혀 보이지 않았다.

하지만 그건 달리 말하면 산세에 포위되어 있는 형세라는 뜻이기도 했다.

좋게 보면 방어벽이고 나쁘게 보면 폐쇄적인 공간이라는 뜻이었다.

"다 묻어 버리자고. 깔끔하게."

"흐흐흐! 좋아. 아주 좋아. 복수라고 하기에는 좀 부족한 감이 있었는데 그거라면 아주 괜찮겠어."

"화탄은 위험하고. 불이 나면 안 되니까. 어디까지 불이 번질지 알 수도 없고."

"좋아. 그리 전달할게. 근데 넌 어디까지 따라오려고 그러냐?"

은근슬쩍 한자리를 차지하고 떡하니 서 있는 흑마를 향해 이춘상이 말했다.

그러나 유하성의 말에는 꼬박꼬박 대답했던 것과 달리 흑마는 이춘상의 말에도 아무런 반응을 보이지 않았다.

심지어 투레질도 하지 않았다.

"낯가리네."

"……낯가리는 게 아니라 그냥 무시하는 거 같은데?"

"다음 목적지로 가 보자. 여기 다 돌려면 오늘 부지런히 움직여야 해."

"체력 훈련 삼아 뛰면 되지. 나도 이제 너하고 비교해도 크게 뒤떨어지지 않는다고."

"그건 달려 보면 알겠지."

유하성이 갈 산채는 여기만이 아니었다.

본보기를 위해서라도 그는 복주 인근의 산채는 싹 다 돌 생각이었다.

이제는 진짜 돌이킬 수 없는 사이가 된 만큼 유하성은 확실하게 보여 줄 생각이었다.

자신과 대청표국을 건드리면 어떻게 되는지 말이다.

"어쩌면 네가 먼저 지칠 수도 있다."

"허세는 좋지 않아."

이춘상의 도발을 유하성은 흘려 넘겼다.

그동안 열심히 수련한 건 알고 있지만 아직 멀었다.

허송세월을 보내던 공백을 다 지워 버리기에는 말이다.

"허세라니. 자신감이지. 근데 나름 긴장했는데 힘이 빠지네. 우리 약속했잖아. 불리하다 싶으면 빠지기로."

"너무 방심하지는 말고. 아직 준비가 덜 끝낸 곳도 있을 테니까. 규모가 클수록 빨리 움직이는 게 쉽지 않으니까."

"그나저나 저 녀석은 어디까지 따라오려고 그러나?"

"적당히 놀다가 가겠지. 일단 가자. 할 일은 해야지."

유하성의 두 눈이 스산하게 빛났다.

당한 게 있으면 그만큼 갚아 주는 게 도리였다.

그리고 앞으로 있을 전쟁을 생각해서라도 적은 줄일 수 있을 때 줄여야 했다.

"화탄 좀 넉넉히 구했으면 좋겠다. 위력이 아주 훌륭해. 잔챙이들 상대할 때는 딱이야. 협박용으로도 좋고."

이춘상이 탐욕을 숨기지 않으며 유하성의 뒤를 따랐다.

그리고 그 뒤를 흑마가 슬그머니 따라붙었다.

한때는 복건성을 호령했던 군룡도문이었으나 지금은 폐허나 다름없었다.

대장원이었던 만큼 부서진 곳보다 멀쩡한 건물들이 더 많았으나 분위기는 예전과 많이 달랐다.

한낮임에도 사람이 없어서 그런지 살짝 을씨년스러운 분위기를 풍겼다.

"이렇게 늦어도 될까요?"

"얼마 늦지도 않았다. 약속했던 시간에서 이제 한 식경 정도 지났을 뿐이다. 그리고 당연히 기다려야지."

"하긴. 불만이 있어도 따질 상황이 아니긴 하죠."

달칵.

유하성은 백현승과 곽두일, 그리고 낯선 중년인을 데리고 군룡도문의 회의실로 들어갔다.

그러자 빼곡히 앉아 있는 사람들이 보였다.

바로 복건성을 대표하는 표국들의 주인들이었다.

그리고 그중에는 설혜상과 설소연도 있었다.

"오셨습니까."

유하성이 들어오자 다들 자리에서 일어났다.

배분도 배분이지만 유하성의 무위를 들었기에 다들 예의를 갖추었다.

그러면서 주위를 힐끔거렸다.

혹시라도 명천이 오지는 않았나 싶어서였다.

"갑작스러운 연락에 이렇게 와 주셔서 감사합니다. 일단 앉으시죠."

"예."

유하성의 말대로 정말 갑작스러운 호출이었다.

그러나 심기가 언짢을지언정 그걸 겉으로 티 내는 사람은 없었다.

유하성이 어떤 행보를 보여 주는지 너무나 잘 알아서였다.

그리고 한 번쯤은 이런 자리가 필요하다고 생각하기도 했다.

"다들 바쁘신 분이니 바로 본론으로 넘어갈까 합니다. 이곳에 대해 좋은 기억을 가지신 분은 없을 테니까요. 아, 혹시 현승이에 대해 모르시는 분은 없으시겠죠?"

"안녕하세요, 대청표국의 백현승입니다."

유하성의 말에 백현승이 자리에서 일어나 앉아 있는 이들에게 정중히 인사했다.

이미 망한 대청표국을 거론하면서 말이다.

하지만 그 말을 아니꼽게 생각하는 이는 없었다.

그저 다들 유하성과 백현승의 의중이 궁금하다는 표정을 지었다.

"참고로 저는 소국주이자 후계자인 현승이의 대리인 자격으로 여기에 왔습니다. 제 사부님의 일가이니 대리인으로의 자격은 충분하다고 생각합니다만 혹시 이의를 제기하실 분은 지금 말씀해 주십시오."

"저희는 없습니다."

"저도 없습니다."

말이 끝나기 무섭게 설혜상이 기다렸다는 듯이 입을 열었다.

마치 이때를 기다렸다는 듯이 말이다.

그러자 다들 줄줄이 대답했다.

"군룡도문과 군호표국 때문에 복건성에는 많은 일이 있었습니다. 동시에 몇몇 분들은 힘든 시간을 보내기도 했고. 하지만 그렇기에 저는 모두가 확실하게 정해야 한다고 생각합니다."

설혜상의 반보 뒤에 서 있던 설소연의 얼굴이 굳어졌다.

구체적으로 말하지는 않았으나 그녀에게는 한 가지가 떠올라서였다.

더불어 작년에 결단을 내리지 않은 걸 후회했다.

만약 그때 자신이 결단을 내렸다면, 조금 더 적극적으로 행동했다면 지금과는 많은 것들이 달라져 있을 터였다.

'이미 늦었지만.'

설소연이 우울한 기색으로 두 눈을 감았다.

그러나 그녀의 얼굴을 본 이는 아무도 없었다.

"어떤 부분을 말씀하시는 건가요?"

"복건성의 패자였던 군룡도문은 멸문했습니다. 복건성의 표국계를 주름잡던 군호표국 역시 사라졌죠. 그로 인해 여기 계신 분들이 얻게 되는 반사이익이 상당할 거라고 생각합니다."

"혹시 저희에게 원하시는 게 있습니까?"

복건성에서 열 개의 표국을 꼽으면 반드시 들어가는 태우표국의 국주가 조심스럽게 물었다.

유하성이 무당파의 제자라고 하나 그 역시 사람이었다.

그리고 사람인 이상 욕심에서 자유로울 수 없었다.

더욱이 유하성은 진산제자도 아니고 속가제자인 만큼 규악중처럼은 아니더라도 에둘러 말도 안 되는 요구를 할 수도 있었다.

"원하는 것보다는 한 가지 부탁을 드리고자 합니다."

"정확히 어떤 부탁인가요?"

조금은 무거워진 분위기를 환기시키고자 설혜상이 입을

열었다.

그러면서 그녀는 상당히 부담스럽게 유하성을 바라봤다.

마주 보는 이가 민망할 정도로 뚫어져라 쳐다봤던 것이다.

"군룡도문과 군호표국이 가지고 있는 토지와 재산, 이권을 대청표국이 가지는 것에 대해서는 다들 의문이 없으실 거라 생각합니다. 일정 부분은 원래 대청표국의 것이기도 하고요."

"예."

"그렇습니다."

나지막한 유하성의 말에 모두가 고개를 끄덕였다.

전쟁에서 이긴 쪽이 패배한 쪽의 모든 것을 가지는 것은 당연했다.

그렇기에 전리품에 대해서 욕심을 내는 사람은 없었다.

갖고 싶다고 해서 가질 수 있는 것도 아니었고.

"솔직하게 말씀드리면 현재 대청표국은 그것들을 전부 다 관리하기 힘듭니다. 당장 대청표국의 인원이 두 명뿐이기도 하고요. 그래서 군룡도문과 군호표국이 가지고 있던 각종 이권들을 다른 분이 관리할 예정입니다. 여기 이분께서요. 물론 기간은 현승이와 곽 표두님이 돌아오실 때까지입니다. 그러니 그때까지는 여러분들께서 협조해 주셨으면 좋겠습니다."

"한마디로 백 소국주가 돌아올 때까지 지금의 이권들을 보장해 달라는 말씀이신가요?"

"맞습니다. 경쟁하는 건 당연합니다만 굳이 서로 얼굴을 붉힐 필요는 없지 않습니까? 군호표국이 사라진 상황에서요. 그렇다고 아무것도 하지 말라는 게 아닙니다. 하시는 일을 하되 대청표국의 사정을 조금 이해해 달라는 것입니다. 그리고 무작정 부탁만 드릴 생각은 없습니다. 그동안 군호표국의 거래처들을 넘겨드리겠습니다. 싸우고 경쟁하는 것보다는 서로 합의를 보는 게 낫지 않겠습니까?"

유하성은 채찍과 경고만 하지 않았다.

그들이 만족할 만한 당근도 제시했다.

어차피 가지고 있어 봤자 대청표국이 사용할 수도 없었다.

그래서 유하성은 백현승, 곽두일과 상의한 후 군호표국의 알짜 거래처들을 여기 있는 표국주들에게 넘기기로 결정했다.

"이것도 백 소국주가 돌아올 때까지 저희가 맡아 두는 건가요?"

"아닙니다. 언제가 될지 모르지만 제가 돌아와도 당장 큰 건들을 맡지는 못할 거라 생각합니다. 일단 규모가 어느 정도 되어야 하니까요. 그렇다고 크게 시작할 정도로 제 능력에 확신을 가지진 못한 상태고요. 그래서 돌아오더라도 작은 일감부터 하나씩 해 볼 생각입니다."

지금껏 잠자코 있던 백현승이 입을 열었다.

그러자 물었던 설혜상은 물론이고 다른 표국주들이 흡족한 표정을 지었다.

이 정도 대가라면 확실히 나쁘지 않았다.

그들도 군룡도문과 군호표국의 재산을 탐내기에는 부담이 상당했고 말이다.

'나중에는 경쟁자가 되겠지만, 그건 그때 가 봐야 아는 일이고.'

'우리로서는 나쁘지 않군.'

빠르게 계산을 끝낸 표국주들이 서로를 돌아봤다.

하나같이 비슷한 표정으로 말이다.

그런 그들의 분위기에 유하성은 큰 문제 없이 이쯤에서 잘 마무리될 듯싶다고 여겼다.

"유 공자님."

"말씀하시죠, 설 표국주님."

"저분께서 관리를 하신다고 말씀하셨는데, 누구신가요? 저는 처음 보는 분인데요."

설혜상의 말에 모두의 시선이 황의경장을 입고 있는 중년인에게로 향했다.

무복이 아닌 경장을 입고 있는 것으로 보아 무인은 아니었다.

게다가 설혜상을 비롯해서 표국주들이 알기로 대청표국의 생존자는 딱 두 명이었기에 다들 궁금한 표정을 지었다.

"처음 뵙겠습니다. 장추산이라고 합니다. 현재 금와장에서 일을 하고 있습니다."

"아무에게나 관리를 맡길 수 없기에 금와장에 도움을 청했습니다. 금와장에서 일을 하고 계신 만큼 능력은 의심할 여지가 없지요."

"아."

금와장이라는 말에 모두가 고개를 주억거렸다.

그러면서 새삼스러운 눈빛으로 유하성을 쳐다봤다.

용봉회에서 금와장주와 인연을 맺었다는 사실은 이미 널리 알려져 있었다.

그런데 보아하니 생각했던 것보다 사이가 더 돈독한 듯했다.

"앞으로 잘 부탁드립니다."

장추산의 정중한 인사에 표국주들이 어색하게 인사를 받았다.

다들 비슷한 생각을 하는 모양이었다.

반면에 장추산은 담담한 신색이었다.

복건성을 대표하는 표국들의 주인들과 마주하고 있음에도 말이다.

"개인적으로 궁금한 게 하나 있는데, 여쭈어봐도 될까요?"

"말씀하시죠."

"번천회가 다시 찾아오지는 않을까요? 정확하게는 녹림십팔채가요."

십천 중 한 명인 종표파자의 제자가 명천에게 사로잡힌 상태였다.

지금은 죽었는지 살았는지도 알려지지 않았다.

하지만 명천의 성격을 생각해 보면 살아 있을 가능성은 희박했다.

또 유하성이 직접 복주 인근의 산채를 다 때려 부수고 다니기도 했고.

"제 개인적인 생각입니다만 복건성에 신경 쓸 겨를이 없을 겁니다. 구파일방과 오대세가를 비롯해서 대문파와 명문세가 들이 힘을 합치고 있으니까요. 만약 녹림십팔채가 이곳을 공격한다면 제가 오겠습니다."

"알겠습니다."

설혜상의 얼굴이 밝아졌다.

대청표국이 멸문지화를 당했다는 말을 듣자마자 복건성으로 달려온 게 유하성이었다.

그 정도로 한번 맺은 인연을 소중히 하기에 설혜상은 든든했다.

물론 그녀가 유하성과 친분이 깊은 건 아니었으나 대청표국의 터가 이곳에 있는 만큼 복주에 문제가 생긴다면 무조건 올 게 분명했다.

"저기…… 저도 여쭙고 싶은 게 있습니다."

"말씀하시죠."

녹림십팔채에 대한 얘기가 어느 정도 정리되자 표국주 중 한 명이 조심스레 손을 들었다.

그 모습에 유하성이 고개를 돌려 그를 바라봤다.

"화탄에 대해서 물어보고 싶습니다. 혹시 구입이 가능하겠습니까?"

모두의 시선이 유하성에게 집중되었다.

안 그래도 다들 화탄에 관심이 많았다.

위력에 대해 암암리에 알려졌기에 모두 눈을 빛냈다.

구입할 수만 있다면 꼭 구입하고 싶다는 듯이 말이다.

"죄송하지만 판매할 계획은 없습니다. 저희도 하나뿐이라 연구를 위해서 필요합니다."

"역시 그렇군요."

말을 꺼냈던 표국주가 얼굴 가득 아쉬운 표정을 지었다.

하지만 어느 정도는 짐작했었기에 더는 묻지 않았다.

만약 판다고 해도 문제였다.

모두가 원하지만 물건은 하나뿐이니 가격이 천정부지로 치솟을 게 분명했다.

"그럼 거래처에 대해서 논의를 해 볼까요?"

장추산이 얼추 대화가 마무리된 듯하자 일을 시작했다.

이왕 이렇게 모였으니 대략적으로나마 얼개를 잡을 생각이었다.

지금 이 자리에서 다 끝낼 수 있으면 더할 나위 없이 좋았고.

잠시 후 장추산의 주도하에 논의가 빠르게 진행되었다.

복주에서의 일이 거의 마무리되어서일까.

숙소의 분위기가 한결 가벼워져 있었다.

다들 내일 아침 일찍 출발할 예정이라 그런지 침소에 일찍 들어가 있기도 했고.

그러나 명천은 예외였다.

"흐음."

침상 위에 편하게 앉은 명천의 표정은 심각했다.

지금까지는 처리해야 할 일이 바빠 따로 말을 하지는 않았으나 이제는 한번 짚고 넘어가야 했다.

"정상적인 방법은 아닐 거라고 생각하긴 했지만."

명천이 심각한 이유는 바로 유하성 때문이었다.

정확하게는 유하성이 혈풍사노와 혈투를 벌일 때 그는 충격을 받았었다.

유하성이 싸우는 방식이 너무나 위험해서였다.

그러나 한편으로는 이해가 되기도 했다.

"단기간에 공력을 늘리기 위해서는 모험을 할 수밖에 없지. 실제로 성공하기도 했고. 실패했다면 몸이 망가졌겠지만. 아니, 일부러 내성을 기른 건가?"

명천의 미간이 잔뜩 찌푸려졌다.

어느 쪽이든 유하성에게는 결코 좋지 않아서였다.

물론 그런 방법을 택할 수밖에 없었다는 건 알고 있었다.

하지만 지금도 그럴 필요는 없었다.

"내공. 내공이 문제란 말이지."

유하성의 공력은 나이대에 비하면 결코 많지도 적지도 않은 수준이었다.

그러나 현재 수준에 비하면 부족한 게 사실이었다.

괜히 유하성이 극도로 효율성에 매달리는 게 아니었다.

다 공력이 부족해서였다.

툭. 툭. 툭.

거기까지 생각이 닿자 명천이 손가락으로 무릎을 두드렸다.

문제가 있다면 해결하면 될 일이었다.

그리고 그걸 해결할 능력이 명천에게는 있었다.

"흐으음."

다만 그가 이리 고민하는 건 그 방법이 쉽지 않아서였다.

마음 같아서는 무당산으로 돌아가는 길에 영초나 영약을 발견했으면 싶었다.

그러나 기연을 괜히 기연이라고 하는 게 아니었다.

인연이 닿지 않으면 코앞에 영약을 두고도 지나치는 게 인생이었다.

똑똑똑.

"사백님. 접니다."

"들어오너라."

명천이 입맛을 다시며 상념에 잠겨 있을 때, 문 너머에서 유하성의 목소리가 들려왔다.

이윽고 문이 열리며 편안한 차림의 유하성이 안으로 들어왔다.

"내일 일정을 생각하면 일찍 주무시는 게 낫지 않겠습니까?"

"나 아직 정정하다. 신체 능력은 조금 떨어졌을지 몰라도 내공은 누구보다 많고 깊은 게 나다. 아마 마음먹고 달리면 내가 가장 먼저 무당산에 도착할걸?"

"그래도 무리하는 건 좋지 않습니다."

"말 잘했다. 너야말로 무리하지 말아야지. 음양의 힘을 태극이 아닌 상극으로 사용하는 거. 엄청나게 위험하단 거 알고 있지?"

명천의 눈빛이 날카로워졌다.

그러나 강렬한 그의 안광에도 유하성은 담담한 얼굴로 의자 하나를 끌어와 앉았다.

"알고 있습니다."

"명운이는 알고 있었더냐?"

"예. 저에 대해서는 다 알고 계시니까요."

"……혹시 명운이의 몸이 그렇게 된 게 그 힘 때문이냐?"

"제가 알기로는 어느 정도 영향을 끼친 것 같습니다. 사부님께서 생전에 따로 말씀하신 적은 없습니다만."

명천이 눈을 감았다.

역시 그의 예상이 맞아서였다.

"그런데도 계속 그 방법으로 내공을 축기하는 것이냐?"

"위험한 만큼 얻는 것 역시 크니까요. 사백께서도 아시지 않습니까. 태극심법만으로는 축기하는 데 한계가 있다는 사실을요."

"계속 개량해 왔는데도 말이냐?"

"축기는 아무래도 시간에 비례하니까요. 효율을 높이는 데 한계가 있습니다. 깨달음을 얻으면 그릇이 넓어지면서 공력 역시 급격하게 증가하기는 하지만 그렇다고 어마어마한 양이 한 번에 생겨나는 건 아니니까요."

유하성이 담담히 말을 이었다.

명천이 어떤 부분을 걱정하는지 잘 알아서였다.

그리고 그 역시 알고 있었다.

지금의 방식이 안전하지 않다는 것을 말이다.

"이미 넌 면장과 십단금을 익히고 있다. 이번 일로 네가 십단금을 복원했다는 사실이 중원 전역에 알려지겠지. 그러니 상승의 내공심법을 익히는 건 어떻겠느냐?"

"저는 속가제자입니다."

"넌 좀 특별한 경우다. 그리고 예외는 언제나 존재하는 법이니까."

명천이 완곡하게 말했다.

연구를 위해서라도 필요한 작업이라는 건 알았다.

하지만 너무 위험했다.

더욱이 지금은 음양의 기운을 충돌시켜 한시적으로 막강한 위력을 발휘하는 정도이지만 여기에서 넘어가면 그때부터는 선천진기였다.

"말씀은 감사합니다만 괜찮습니다. 지금껏 잘해 왔고, 앞으로도 잘할 수 있습니다. 위험하단 건 누구보다 저 자신이 잘 알고 있으니까요."

"내성만 믿어서는 안 된다. 어느 날 갑자기 돌이킬 수 없는 일이 벌어질 수도 있다."

"알고 있습니다. 하지만 안전한 길로 가면 예상된 결과밖에는 얻을 수가 없습니다. 그 이상을 위해서라면 도전이 필요하다고 생각합니다."

"용기와 만용을 잘 구분해야 한다. 또한 자신과 자만은 종이 한 장 차이이다. 모두가 잘 알고 있다고 말하지만, 어느 누구도 스스로를 객관적으로 바라보지 못한다. 나 역시 마찬가지고."

명천의 얼굴에 걱정이 짙게 서렸다.

자신이 이렇게 말해도 유하성이 고집을 꺾지 않을 것임을 잘 알았다.

하지만 명운을 그렇게 보낸 마당에 유하성마저 그리 만들 수는 없었다.

"누구보다 제 스스로 조심하고 있습니다. 그러니 너무 염려 마세요."

"고집은 진짜 제 사부를 그대로 닮았어."

"면장과 십단금의 비급은 조금씩 만들고 있습니다. 일단 제가 복원하기는 했으나 아직 완벽한 건 아니라고 생각해서요. 주석을 달면서 천천히 작성하고 있으니 두 무공은 걱정하지 않으셔도 됩니다."

"내가 걱정하는 건 너다. 면장과 십단금이 아니라. 너와 명운이가 복원했는데 다른 사람이라고 못 할 것 같으냐? 그리고 중요한 건 무공이 아니라 사람이다."

명천이 얼굴 가득 서운하다는 표정을 지었다.

그의 진심을 너무 몰라주는 것 같아서였다.

물론 유하성의 입장에서는 그렇게 생각할 수 있다고 하지만, 그래도 뒤끝이 너무 길었다.

"알고 있습니다. 다만 말씀은 드려야 할 것 같아서요."

"흐음. 전수할 재목은 좀 보이고?"

은근슬쩍 명천이 물었다.

무당산에서 지내면서 알게 모르게 유하성이 본 제자가 많았다.

당장 연구동만 해도 꽤 많은 제자들이 들락날락하기에 명천은 혹시나 하고 물었다.

내심 눈여겨보는 이가 있나 싶어서 말이다.

"아직은 없는 것 같습니다."

"뭐, 시간은 많으니까. 이대제자들도 있고. 아직 이대제자들은 못 봤지?"

"예. 차차 만나지 않겠습니까."

유하성은 급하지 않았다.

십단금과 면장을 복원하기는 했으나 그렇다고 완벽한 건 아니었다.

아직 발전의 여지가 있기에 유하성은 계속 개량시켜 나갈 생각이었다.

"그렇지. 그리고 만약 내 도움이 필요한 일이 있으면 언제라도 기탄없이 말하고. 난 늘 너의 편이니까."

"알겠습니다. 그럼 편히 주무십시오."

"그래."

벌써 시간이 꽤 흘렀기에 유하성은 자리에서 일어났다.

그야 아직 잠자리에 들 시간이 아니었지만 명천은 달랐다.

나이가 있기에 유하성은 정중히 인사한 후 방을 나섰다.

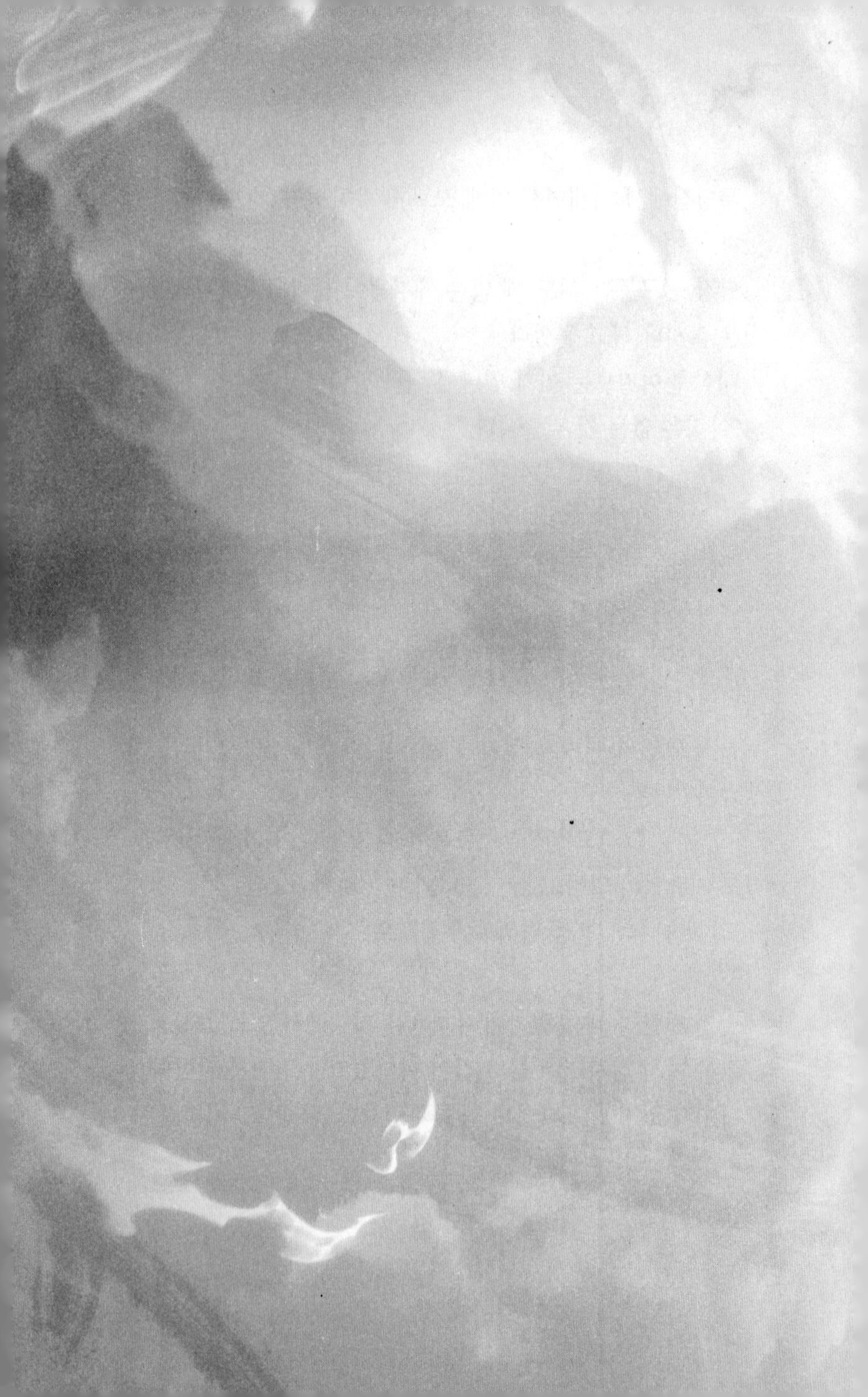

제33장 하던 대로

복주로 향했을 때와 달리 돌아가는 길에는 명천이 함께였다.

그러나 위화감은 전혀 없었다.

처음에는 무당검선이 함께한다는 사실에 백현승과 곽두일이 어려워했지만 며칠 함께 지내보니 이제는 제법 편하게 대했다.

"역시 노숙도 같이해야 좋아. 혼자는 너무 외로워."

"언질이라도 해 주시지."

"말했잖아. 적을 속이기 위해서는 아군부터 속여야 한다고. 아마 내가 함께 움직였으면 더한 준비를 하거나 아니면 아예 모습을 드러내지 않았겠지. 화탄도 구하지 못했을 테고."

"부정하지 못하겠네요."

원호가 구해 온 땔감에 불을 붙이며 유하성이 고개를 주억거렸다.

확실히 명천의 말도 일리가 있었다.

"겸사겸사 보고 싶기도 했다. 네가 어느 정도까지 싸울 수 있는지 말이다."

"만족하셨습니까?"

"아주. 역시 예상대로였어. 딱 한 가지가 마음에 안 들어서 그렇지."

유하성은 슬쩍 몸을 돌리며 모닥불을 피웠다.

무엇을 말하는지 알기에 못 들은 척을 했던 것이다.

그런데 그때 이춘상이 원상과 함께 호들갑을 떨며 뛰어왔다.

"하성아!"

"왜 그래?"

"여기 좀 봐!"

"응?"

이춘상의 호들갑에 적당한 바위 위에 앉아 있던 명천이 고개를 돌렸다.

그러자 멀지 않은 곳에서 투레질 소리가 들려왔다.

"어?"

하지만 유하성보다 놀라지는 않았다.

토끼 한 마리를 사냥한 이춘상의 뒤로 익숙한 그림자가 나타나자 유하성의 두 눈이 크게 뜨였다.

"이 녀석 또 만났다!"

"신기하네."

"그치?"

이춘상도 놀란 표정을 지었다.

지난번에 마주친 장소가 아닌데도 흑마가 나타나서였다.

물론 우연히 마주쳤다고 해서 흑마는 이춘상을 반가워하지 않았다.

그저 유하성에게 다가왔다.

"아는 녀석이냐?"

"작년에 처음 복주에 왔을 때 만난 아이입니다. 산채에서요."

"산적 놈들이 사로잡았던 녀석인가 보구나."

"예."

명천이 눈을 반짝였다.

한눈에 봐도 범상치 않아 보이는 녀석이어서였다.

게다가 야생마인데도 상당히 영리한 듯했다.

작년에 본 유하성을 기억한다는 뜻이었으니까.

"얼마 전에도 봤습니다. 복수하러 하성이랑 이곳저곳 돌아다니지 않았습니까. 그때도 우연히 만났습니다."

"호오. 그럼 이번이 세 번째렷다?"

"그렇죠."

이춘상의 추가 설명에 명천이 흥미로운 표정을 지었다.

사람도 아니고 말과 이렇게 세 번이나 마주친다는 게 신기해서였다.

그렇다고 복건성이 작은 성도 아니었는데 말이다.

푸르륵.

하지만 명천의 시선에도 흑마는 조금도 신경 쓰지 않았다.

오직 유하성의 손길만 음미했다.

저번과 마찬가지로 목덜미를 부드럽게 만져 주니 얌전히 있었다.

"인연은 인연인가 보다."

푸히히힝.

유하성의 말에 흑마가 마치 대답하듯이 투레질을 했다.

그 모습에 조심스럽게 옆으로 다가온 백현승이 눈을 반짝였다.

야생마라서 그런지 지금껏 보아 온 일반적인 말들과는 조금 달랐다.

일단 덩치도 덩치지만 자태가 범상치 않았다.

"생긴 건 한 성깔 하게 생겼는데 의외로 얌전하네요?"

"성격 지랄 같아. 하성이니까 얌전한 거지 네가 만지려고 하면 가만 안 있을걸."

"정말요?"

능숙하게 잡은 토끼의 목을 베어 피를 빼면서 이춘상이 말했다.

이쪽으로는 시선 하나 주지 않고 말이다.

그런데 그 말이 백현승의 호기심을 자극했는지 흑마에게 천천히 손을 뻗었다.

휘이익!

그러자 이춘상의 말대로 가만히 있던 흑마가 움직였다.

백현승의 손길을 허락하지 않겠다는 듯이 뒷발을 움직여 멀찍이 떨어졌던 것이다.

그러면서 퉁방울만 한 눈으로 백현승을 노려봤다.

왠지 모르게 살기처럼 느껴지는 눈빛에 백현승이 자기도 모르게 몸을 움츠렸다.

"인정하지 않은 이는 허락하지 않겠다는 게지. 흘흘!"

그 광경에 명천이 재미있다는 표정을 지었다.

역시나 예상했던 대로의 모습이었다.

아마 유하성 말고는 만질 수 있는 이가 없을 터였다.

"세 번이나 마주쳤으면 데려가시지요? 보아하니 홀로 찾아온 거 같은데. 우연히 만났다면 다른 말들이 있었을 겁니다."

"맞아. 세 번이나 만났는데 이제는 데려가도 되지. 눈빛을 보니 같이 가자고 하면 따라갈 거 같은데?"

"고향이 여기인데 굳이 그럴 필요가 있을까?"

곽두일과 이춘상의 말에도 유하성은 고개를 저었다.

지난번에 산채를 찾으러 돌아다닐 때 잠깐 같이 다니기는 했지만 그렇다고 강제로 데려갈 생각은 없었다.

야생마는 야생에 있을 때 가장 행복한 법이었다.

그렇다고 그에게 말이 필요한 것도 아니었고.

"아쉽네요. 딱 봐도 명마인데."

"영리하기도 하고요. 무당산에서 키워도 되지 않을까요?"

백현승이 곽두일과 똑같은 표정을 지었다.

집안이 표국이었기에 백현승도 말에 익숙했다.

그래서 흑마가 너무나 아쉬웠다.

심지어 잡은 것도 아니고 알아서 찾아오지 않았던가.

"그래도 되긴 하는데 굳이 그래야 할 필요가 있을까 싶어서. 일단 내가 말을 탈 줄 모르기도 하고."

"예?"

"말은커녕 노새를 타 본 적도 없어."

백현승은 물론이고 곽두일이 순간 멍한 표정을 지었다.

그런데 생각해 보니 유하성이 말을 탄 적이 없었다.

"우리에게는 튼튼한 다리가 있으니까. 겸사겸사 경신술 수련도 하고, 체력 단련도 하고. 말을 탈 이유가 없지."

"맞아."

"어……."

너무나 당당한 이춘상과 유하성의 모습에 백현승은 말문이 막혔다.

한데 재미있는 건 사냥한 사슴을 손질하는 원상과 원호도 고개를 주억거리고 있다는 점이었다.

"이참에 배우시면 되지 않습니까? 유 소협이시라면 말 타는 법 정도는 금방 배우실 겁니다."

"맞아요."

"일단 내일 보고 결정하죠. 따라오면 데려가고요. 우연히 만나서 잠시 놀다가 집으로 돌아갈 수도 있으니."

유하성이 그리 말하며 흑마의 목덜미를 두드려 주었다.

그러자 흑마가 손길을 음미하듯 두 눈을 감았다.

무당파의 분위기는 떠날 당시와는 사뭇 달랐다.

전체적으로 부산스럽고, 무거워졌다고나 할까.

하지만 모두가 그런 분위기를 느끼는 건 아니었다.

푸히히힝!

난생처음 무당산에 도착한 흑마가 신기한 듯이 주변을 두리번거렸다.

그러면서 끊임없이 코를 벌렁거리며 냄새를 맡았다.

"반응이 나쁘진 않은데?"

"무당산은 중원에서도 명산이잖습니까. 어쩌면 영험한 기운을 느끼고 있을지도 모르죠."

유하성의 생각과 달리 흑마는 다음 날이 되어도 떠나지 않았다.

당연하다는 듯이 유하성을 따라왔고, 결국 무당산까지 오게 되었다.

푸르르르.

"그래그래. 앞으로 네가 지낼 곳이야. 어디든 마음대로 가도 되고. 마음 내킬 때 이곳으로 오면 된다."

마음에 든다는 듯이 고개를 크게 위아래로 끄덕이는 흑마의 모습에 유하성이 피식 웃으며 목덜미를 손가락으로 긁어주었다.

그러자 흑마가 기분 좋다는 듯이 몸을 떨었다.

"이제는 이름을 지어 줘도 될 것 같은데?"

"흐음."

명천의 말에 유하성이 고개를 주억거렸다.

언제까지 이 녀석 저 녀석으로 부를 수는 없었다.

더욱이 그를 따라 고향을 떠나 무당산에 왔기에 생각은 하고 있었다.

"단순하고 직관적인 이름으로 가. 그게 최고다. 괜히 멋있고 있어 보이는 이름 지으려다가 이도 저도 아니게 될 수도 있어."

"그렇긴 하죠."

푸르릉. 푸릉.

자신의 이름으로 고민하고 있다는 사실을 아는지 모르는지 흑마는 그저 손길을 즐겼다.

연신 코를 벌렁거리면서 말이다.

그러는 사이 연구동의 앞마당에서 무공 수련을 하던 이들이 일행을 발견하고는 다가왔다.

"다녀오셨습니까!"

"그래그래."

다가온 제자들은 가장 먼저 명천에게 인사했다.

그러고는 차례대로 유하성과 이춘상, 원상과 원호와도 인사를 나누었다.

"별일은 없었고?"

"안 그래도 사부님께서 사백조님과 사숙께서 오시면 집무실로 와 주셨으면 좋겠다고 말을 남기셨습니다."

"하긴. 만나긴 해야지."

원일의 대답에 명천이 고개를 주억거렸다.

안 그래도 여기 들렀다가 찾아갈 생각이었었다.

"알았다. 두 사람이 쓸 방은 그대로 남겨 뒀지?"

"예."

"그럼 두 사람은 짐을 풀고 계세요."

유하성이 백현승과 곽두일을 바라봤다.

한동안 무당산에서 머물게 되었음에도 둘의 짐은 그리 많지 않았다.

돈이 많기도 했고 수련하는 데 필요한 물건들은 무당산에도 충분했다.

"저는 수련하고 있을게요."

"저도 같이하겠습니다. 걷고 뛰는 균형이 잡혔으니 이제는 본격적으로 수련을 시작할까 합니다. 기맥도 얼추 정리가 되기도 했으니."

"무리하진 마십시오."

어느 정도 회복하자마자 복건성으로 향했고, 그곳에서 많은 일이 있었다.

복주의 일이 정리되자마자 다시 무당산으로 왔기에 여독이 알게 모르게 쌓여 있을 가능성이 컸다.

백현승은 건강하긴 하나 이제 열셋의 나이였고.

그렇기에 유하성은 휴식이 필요하다고 생각했다.

"몸 상태 봐 가면서 쉬엄쉬엄할게요."

"길게 봐야 한다. 열심히 하는 건 좋지만 혹사는 몸을 망가뜨릴 뿐이다."

"예."

유하성의 말에 백현승이 걱정하지 말라는 듯이 대답했다.

혼자 수련하는 거라면 모를까 이곳에는 원상도 있고, 원호도 있었다.

거기다 다른 제자들도 있었기에 백현승은 걱정할 필요 없다는 듯이 가슴을 탕탕 두드렸다.

"이제 가자꾸나."

"예. 너도 좀 돌아다니고 있어."

푸르르!

유하성이 흑마의 목덜미를 두드려 주었다.

알아서 잘 놀다가 돌아오는 걸 알았기에 유하성은 걱정하지 않았다.

영리한 녀석이니 주변을 돌아다니며 길을 익힐 터였다.

어쩌면 무당산과 인근 산을 영역으로 해서 돌아다니는 야생마들과 만날지도 몰랐고.

'우두머리를 찍어 누르고 자기가 우두머리가 될 것 같기는 한데.'

우람하다 못해 월등해 보이는 동체를 가지고 있는 게 흑마였다.

그렇기에 유하성은 흑마가 기존의 우두머리와 일대일 대결을 해서 야생마들의 무리를 한꺼번에 집어삼킬지도 모른다는 생각을 했다.

"마구간을 작게나마 하나 만들어 놓을까요? 알아서 잘 돌아다니겠지만 그래도 머물 곳은 하나 있어야 할 것 같은데. 우리로 치면 별장 같은 느낌이죠."

"흐음."

백현승의 말에 유하성이 미간을 좁혔다.

야생마 출신이라고 하나 눈과 비를 피할 공간은 필요했다.

게다가 여유 공간이 없는 것도 아니었기에 유하성은 이내 고개를 끄덕였다.

"제가 만들어 볼게요!"

"저도 돕겠습니다. 오래전이긴 한데 마구간을 보수한 경험이 있습니다."

"저희도 돕겠습니다."

백현승과 곽두일의 말에 원호와 원상도 거들었다.

짧은 사이에 흑마와 정이 든 건 두 사람도 마찬가지였다.

물론 둘만 그렇게 생각할 뿐 흑마의 입장은 달랐다.

여전히 유하성 말고는 누구의 손길도 허락하지 않았다.

"마구간은 내가 만들어야 하는데."

"에이. 한 마리가 지낼 공간인데요. 마음먹고 지으면 금방 뚝딱 만듭니다. 그러니까 형님은, 아니 유 공자님은 다녀오세요."

명천이 같이 있었기에 백현승이 황급히 말을 바꾸었다.

그러나 그 말에 명천은 딱히 뭐라 말하지 않았다.

이미 둘의 사이를 잘 알고 있기도 했고.

"부탁해."

"넵! 조심히 다녀오세요!"

백현승과 일행의 배웅을 받으며 유하성은 명천과 함께 몸을 돌렸다.

또르륵.

산문의 분위기와 달리 무율의 집무실은 차분했다.

방의 주인처럼 조용했던 것이다.

그러나 실외의 분위기는 꽤나 시끄러웠다.

"감사합니다."

"무사히 돌아와서 정말 다행이네, 사제."

직접 우린 차를 따라 주며 무율이 옅게 웃었다.

티를 내지는 않았지만 그는 정말 유하성을 걱정했었다.

"당연히 무사귀환 해야지. 내가 갔는데."

"사부님께서도 고생 많으셨습니다."

"고생 많이 했지. 암."

제자가 따라 주는 차를 받으며 명천이 고개를 주억거렸다.

만약 그가 몰래 뒤따라가지 않았다면 유하성이 크게 다쳤을 게 분명했다.

어쩌면 무공을 상실했을지도 몰랐다.

거기다 녹림십팔채가 비밀리에 키운 혈풍사노의 실력이 생각보다 뛰어났다.

"장문사형께서는 알고 계셨습니까?"

"그렇다네. 나에게는 말씀해 주셨거든. 나 역시 사부님의 의견에 동의했고."

유하성은 단순히 무당파의 제자가 아니었다.

때문에 명천이 통보하듯 말했음에도 무율은 말리지 않았다.

당대 면장과 십단금의 계승자를 허무하게 잃을 수는 없어서였다.

물론 꼭 그런 이유가 아니더라도 유하성은 그가 신경 써야 하는 인물이었다.

"저만 몰랐군요."

"사부님의 의지가 매우 강경했다네."

"뭘 그런 것까지 얘기해? 좋게 잘 풀렸으면 된 거지."

명천이 겸연쩍은 표정을 지었다.

저런 낯간지러운 말은 굳이 할 필요가 없다고 생각해서였다.

"만약 혈풍사노가 없었다면 끝까지 나타나지 않으실 생각이셨습니까?"

"글쎄. 거기까지는 생각하지 않아서. 겸사겸사 마실 나간 거기도 하고. 내가 장문인직을 내려놓고 처음으로 나간 외출이니까."

"한 번쯤은 마음 편히 강호유람을 하실 때도 되셨지요. 그동안 많이 고생하셨으니."

무율이 동조하며 고개를 끄덕였다.

장문인이라는 자리가 생각보다 여유가 없는 자리임을 이제는 알았기에 그는 명천이 자신의 삶을 살아갈 필요가 있다고 생각했다.

"장문인이 되니 이제야 사부의 노고를 알아주는구나."

"예전부터 알고 있었습니다."

"말은. 근데 나는 말년에도 고생길이로구나."

"녹림십팔채와 혈풍사노에 대한 이야기는 들었습니다."

"그놈들 정말 제대로 준비한 거 같아."

명천의 표정이 진지해졌다.

그 정도로 혈풍사노의 수준은 결코 낮지 않았다.

괜히 유하성이 고전한 게 아니었다.

게다가 무인임에도 화탄을 사용하는 걸 조금도 망설이지 않았다.

"유 사제가 고전했다니 실력은 두말할 여지가 없겠지요."

"맞아. 심지어 무인으로서의 자긍심도 없어. 오직 실리만 생각해."

"번천회에 속해 있는 이들 대부분의 성향이 그런 것 같습니다."

"어디까지 알아냈어?"

명천이 슬쩍 물었다.

옆에 유하성이 앉아 있었으나 그는 개의치 않았다.

배분만 따지자면 유하성은 장로들과 같았고, 현재 무당을 대표하는 무인이니만큼 이런 정보를 들어도 괜찮았다.

무당파에서 유일하게 십천의 천주 중 한 명인 총표파자의 제자와 손 속을 나누기도 했고.

“현재까지 확실하게 밝혀진 십천은 녹림십팔채, 벽력문, 철기방, 일독문입니다. 그리고 세 곳의 수로채를 의심하고 있습니다.”

“수적들을 빼면 확실하게 드러난 곳은 네 곳뿐이라는 거군.”

“그렇습니다.”

무율의 표정이 굳어졌다.

번천회가 나타나고 호남성의 성도인 장사에 버젓이 총단을 짓고 있었다.

그런데 현재 알려진 건 번천회의 핵심인 십천 중 네 곳뿐이었다.

의심되는 세 곳의 수로채들을 제외하더라도 아직 절반이나 알려지지 않았다.

“개방에서는 뭐라더냐?”

“열심히 조사하는 중이기는 한데, 현재 지지부진한 것으로 알고 있습니다.”

“세 개의 수로채가 연합했을 가능성은 희박하지만, 그렇다고 불가능하지는 않지. 산적 놈들이 모였는데 수적 놈들이라고 해서 모이지 못하리란 법은 없으니까. 근데 문제는 아직도 밝혀지지 않은 놈들이야. 자고로 보이는 칼보다 보이지 않는 화살이 더 무서운 법이다."

"저희뿐만 아니라 다른 곳들에서도 최선을 다해 조사하고 있습니다. 그중 사천당가와 소림사가 가장 적극적입니다."

"그럴 테지."

명천이 고개를 주억거렸다.

소림사의 경우 차기 방장이라 할 수 있는 범구가 죽었다.

그러니 평소와 다른 움직임을 보여 주는 게 당연했다.

사천당가의 경우 피의 복수로 유명한 가문이니 무슨 수를 써서라도 일독문과 번천회를 끝장내려 할 것이었다.

"그리고 한 가지 더 말씀드릴 게 있습니다. 형산파가 무너졌습니다."

"허어."

명천은 물론이고 조용히 두 사람의 대화를 듣고 있던 유하성도 놀랐다.

형산파라 하면 과거 구대문파에 속했을 정도로 역사가 깊은 명문대파였다.

비록 지금은 세가 예전 같지 못하다고 하나 그럼에도 형산파였다.

그런데 그 형산파가 무너졌다는 말에 명천이 탄식을 흘렸다.

"문제는 십천만 움직인 게 아니라는 점입니다. 그리고 형산파를 무너뜨린 이후의 행보가 충격적입니다. 형산파의 무공을 휘하로 들어온 문파들에게 모두 공개했습니다."

"전부 다?"

"예."

"으음."

명천의 표정이 일변했다.

형산파는 명문대파라 부르기에 부족함이 없는 문파지만 그렇다고 모든 무공들이 상승절학인 건 아니었다.

당장 무당파만 하더라도 진산제자가 익히는 무공과 속가제자가 익히는 무공이 달랐다.

같은 무공을 전수하더라도 차등을 두었고.

한데 형산파의 모든 무공을 공개했다고 하자 명천은 믿을 수가 없었다.

지금의 행보는 어떻게 보면 형산파의 무공이 필요 없다고 대외적으로 선포하는 행위나 마찬가지였다.

"그로 인해 번천회에 입회하고자 하는 무인이 급증하고 있습니다. 특히 낭인들의 숫자가 기하급수적으로 늘고 있습니다."

"다름 아닌 형산파의 무공이니."

명천이 무거운 어조로 말했다.

그저 그런 무공도 아니고 명문대파라 불리던 형산파의 무공이었다.

과거 잠시 구대문파의 일좌를 차지하기도 했고.

그런 문파의 무공을 모두에게 공개했으니 낭인들의 눈이 돌아가지 않는 게 이상했다.

"전리품을 그렇게 베풀 줄은 몰랐습니다."

"어떻게 보면 형산파의 무공쯤은 필요 없다는 것이겠지."

"저도 그렇게 생각합니다. 아니면 세력을 급격히 키울 목적이 있든가. 저는 둘 다일 수도 있다고 생각합니다."

"추정 인원은 얼마나 되지?"

"하루가 다르게 번천회에 모여드는 무인들이 많아 제대로 파악이 안 되고 있습니다. 일단 십천도 제대로 밝혀지지 않은 상태이니까요."

명천이 두 눈을 감았다.

돌아가는 정세가 생각보다 더 심각한 것 같아서였다.

특히 교활할 정도로 머리를 잘 썼다.

"어쩌면 제갈세가의 방계들이 모여 있을 수도 있겠군."

"안 그래도 그것 때문에 말이 많습니다. 방계와 속가제자들의 이탈도 이탈이지만 중요한 건 무공이 넘어갔을 수도 있으니까요."

"형산파의 경우를 보면 얻은 무공들을 다 공개할 수도 있으니까."

"그렇습니다."

명천의 머리가 복잡해졌다.

강한 힘을 가지고 있는 세력이 규모를 무서울 정도로 키우고 있었다.

게다가 진짜 무서운 건 따로 있었다.

번천회는 가진 자와 가지지 못한 자, 이 두 부류로 무림을 나누고 있었다.

'고수에게 있어 숫자는 의미가 없다. 하지만 그 숫자들이 빠르게 강해진다면? 게다가 지금까지의 행보를 보면 정정당당한 싸움을 할 가능성은 없다.'

혈풍사노와 구룡들을 공격했을 때 이미 번천회의 성향은 드러났다.

무인으로서의 자긍심은 없었다.

오직 실리만을 추구하는 게 번천회였다.

거기다 하류무사들의 마음까지 사로잡았으니 시간이 흐르면 흐를수록 번천회는 더욱 거대해질 터였다.

"우선 가장 큰 문제는 불신이 팽배해졌다는 것이겠네요. 저쪽에 포섭된 이들이 있을 수도 있고요."

"맞네. 그래서 십천을 밝히는 데 속도가 안 나는 것이기도 하네. 외부의 적보다 더 무서운 게 내부의 적이니."

"개판이구만."

듣고 있던 명천이 혀를 찼다.

들으면 들을수록 가관이어서였다.

하지만 유하성은 반대로 생각했다.

내부 단속이 힘든 건 번천회 역시 마찬가지였다.

"오히려 기회일 수도 있습니다."

"응?"

"역으로 첩자를 넣을 수도 있는 상황이지 않습니까?"

"호오."

명천과 무율이 서로를 쳐다봤다.

생각해 보니 맞는 말이었다.

기하급수적으로 입회하는 무인들이 늘고 있다는 건 달리 말하면 빈틈 역시 크다는 얘기였다.

물론 번천회의 수뇌부가 멍청할 리가 없으니 당연히 간자들을 색출하려 할 것이겠지만 규모가 빠르게 커지는 만큼 시간이 꽤 걸릴 터였다.

"우리라고 첩자를 심지 말라는 법은 없으니까요."

"오히려 역이용하자는 말이지?"

"예. 아마 번천회 쪽에서도 조심하겠지만 대략적인 움직임을 파악하는 것만으로도 시도해 볼 가치는 충분하다고 생각합니다. 어쩌면 드러나지 않은 십천의 단서를 찾을 수도 있고요."

"상대방의 패를 알고 있는 것만큼 좋은 건 없지."

"꼭 우리만 심을 필요는 없죠."

명천이 씨익 웃었다.

교토삼굴이라는 말처럼 굴은 여러 개 파 놓는 게 좋았다.

실패하더라도 간자를 색출하는 일에 심력을 소모한다면 이쪽에 이득이었다.

"젊어서 그런가. 머리가 아주 잘 돌아가."

"눈에는 눈 이에는 이 전략은 가장 효과적이니까요."

"그렇지."

명천이 수긍했다.

누구는 치사하다고 할지 몰라도 효과적인 건 사실이었다.

게다가 상황이 썩 좋지도 않고.

"그리고 번천회를 막기 위해 정도무림 역시 연맹을 생각하고 있습니다. 가장 강력하게 주장하는 곳은 사천당가와 소림사입니다."

"무림맹의 창설인가."

새외무림의 침공이 있을 때마다, 그리고 마교의 침입이 있을 때마다 무림맹은 창설되었다.

그렇기에 명천은 놀라지 않았다.

"새로운 명칭을 사용할 것 같습니다. 어떻게 보면 중원에서의 전쟁이니까요."

"무림맹도 나쁘진 않은데 말이지. 일단 힘을 합쳐야 하는 건 나도 동의한다. 생각보다 십천의 힘이 강력해. 오랜 세월 준비한 것 같기도 하고. 일단 녹림도들과 수적들이 합쳐지면 숫자가 어마어마해지니까."

"총단은 호북성이 될 가능성이 큽니다."

"호남성과 맞닿아 있으니 그럴 테지."

복건성에 다녀오는 사이 많은 내용이 오고 간 듯했다.

그러나 명천은 크게 관여하지는 않았다.

현재 무당파의 장문인은 무율이었다.

그러니 무율과 장로들에게 맡기는 게 맞았다.

"사제도 힘을 보태 주었으면 하네."

"저 역시 무당의 제자입니다. 제가 해야 할 일이 있다면 하겠습니다. 그러니 언제라도 편히 말씀하십시오."

"고맙네."

"별말씀을."

녹림십팔채와는 이미 깊게 엮인 사이였다.

거기다 이번 전쟁은 무당파의 존망과도 연결되어 있었기에 관망하고만 있을 생각은 없었다.

가만히 있겠다고 해도 저쪽에서 가만 놔두지 않을 터였다.

"화탄은 가져오셨습니까?"

"여기 있다. 조심히 다뤄야 할 게야. 일정 이상의 충격을 주면 터지는 것 같더라고."

"흐음."

명천이 건네준 목궤를 무율이 조심스럽게 열었다.

크기는 어린아이 주먹만 했는데 이거 하나가 집채만 한 바위를 단숨에 가루로 만들어 버릴 정도로 엄청난 위력을 지니고 있었다.

웬만한 절정고수도 즉사시킬 정도의 살상력을 가지고 있기에 무율은 언제라도 강기를 일으킬 준비를 하고서 화탄을 살펴봤다.

"예전의 화탄보다 훨씬 개량된 물건 같아. 내가 어렸을 적에 듣기로는 심지를 사용했다고 하던데."

"그만큼 세월이 지났으니까요."

"다른 곳에서는 구하지 못했나?"

"공식적으로는 우리 쪽에서 이게 유일합니다. 하지만 다른 곳에서 노획했을 가능성도 있습니다. 소규모 전투는 심심찮게 있었으니까요."

무율이 말끝을 흐렸다.

정보를 차단한다면 아무래도 그가 확실하게 파악하는 건 어려워서였다.

물어본다고 해서 솔직하게 말해 줄 가능성은 거의 없기도 했고.

그러니 가지고 있을 수도 있다고 생각하는 게 가장 편했다.

"정도무림은 늘 이게 문제야. 힘을 제대로 합치질 못하니."

"번천회에 집중할 수 없다는 것도 문제입니다."

"후우. 우리의 힘이 약화되면 새외무림의 주인들이 기웃

거리겠지."

"맞습니다."

무율이 걱정하는 부분이 바로 이것이었다.

번천회도 문제지만 정도무림은 새외의 상황도 신경 써야 했다.

중원의 세력이 약해질 때 늘 침공하는 이들이 그들이었기에 번천회에 온 힘을 집중하기가 힘들었다.

"저는 이만 돌아가 보겠습니다."

유하성이 자리에서 일어났다.

대략적인 강호정세도 들었고 보고해야 할 것도 다 말했기에 더 앉아 있을 필요가 없을 것 같아서였다.

그리고 명천이 무율에게 따로 할 말이 있어 보였기에 유하성은 적당히 자리를 피해 줬다.

"오느라 고생했을 텐데 편히 쉬게."

"예. 그럼."

그걸 무율 역시 알아차렸는지 유하성을 붙잡지 않았다.

잠시 후 유하성이 정중히 인사한 후 집무실을 나섰다.

"저에게 하실 말씀이 있는 것 같습니다만."

"귀신같은 놈들. 어떻게 알았어?"

"티가 나던데요."

"내가 그렇게 생각이 표정에 드러나는 사람이 아닌데 말이지."

인정할 수 없다는 듯이 중얼거리는 명천을 보며 무율이 옅게 웃었다.

착각이 너무 심한 것 같아서였다.

물론 예전에는 확실히 그랬었다.

하지만 지금은 아니었다.

“말씀하시죠.”

“흠.”

분위기를 만들어 주었음에도 명천은 말을 아꼈다.

아무래도 사안이 사안이니만큼 좀 더 신중해지려는 것이었다.

그러나 마음속으로는 이미 결정을 내린 상태였다.

얼마 안 된 것 같은데도 이상하게 정말 오랜만에 돌아온 느낌에 유하성은 방 안을 찬찬히 둘러봤다.

그가 떠나 있는 동안 다른 이들이 청소를 해 준 것인지 방 안에는 먼지 한 톨 없었다.

물건도 그대로 제자리에 있었고.

“이렇게까지 할 필요는 없었는데 말이지.”

침상 위의 이불도 잘 빨아서 햇볕에 말린 모양인지 쿰쿰한 냄새가 전혀 안 났다.

그런데 갑자기 유하성이 입고 있는 무복의 냄새를 맡았다.

노총각이라고 해도 과언이 아닌 나이이니만큼 혹시나 홀아비 냄새가 날까 싶어서였다.

한데 다행히 홀아비 냄새라 불리는 특유의 냄새는 나지 않았다.

"……후각이 익숙해져서 그런 건가?"

별다른 냄새가 나지 않았지만 한번 피어오른 의심은 좀처럼 가라앉지 않았다.

묘하게 신경이 쓰였던 것이다.

"됐다. 지금 중요한 건 그게 아니니까."

침의로 갈아입은 유하성은 깨끗하게 잘 말려진 침상 위로 올라갔다.

그러고는 가부좌를 틀어 최근의 화두를 다시 떠올렸다.

'혈풍사노.'

두 눈을 감은 유하성의 표정이 진지해졌다.

사실 그는 스스로의 무공에 자부심이 있었다.

최고를 논할 정도는 아니지만 그래도 어디 가서 맞고 다닐 정도는 아니라고 생각했다.

그런데 역시 세상은 넓었다.

'녹림도들 사이에서는 사신이라 불린다고 했던가.'

강호에는 이런 격언이 있었다.

알려지지 않은 은거고수가 모래알처럼 많다고 말이다.

그 말을 유하성은 이번에 절절하게 느꼈다.

분명 혈풍사노 한 명 한 명은 그보다 살짝 부족한 수준이었다.

하지만 넷이서 펼치는 합격진은 그를 압도했다.

톱니바퀴처럼 돌아가는 협공에 유하성은 고전할 수밖에 없었다.

'아마도 번천회에는 그런 이들이 수두룩하겠지.'

유하성은 가슴이 답답해졌다.

십천 중 하나인 녹림십팔채에 혈풍사노와 같은 고수들이 있었다.

그러니 다른 아홉 곳에도 그에 준하거나 더 강한 무인들이 있을 터였다.

당장 천주라 불리는 열 명의 무인들만 하더라도 혈풍사노보다 당연히 강할 게 분명했다.

'끝까지 갔다면 내가 이기긴 했겠지만 대신 심각한 내상을 입었겠지.'

냉정하게 말해 명천이 오지 않았어도 이기긴 했을 것이었다.

그러나 지금처럼 멀쩡히 돌아다니지는 못했을 게 분명했다.

때문에 유하성은 현재 자신의 가장 큰 약점을 곱씹었다.

'내공.'

태극심법으로 쌓은 음양의 기운을 충돌시키는 방식으로 유하성은 빠른 축기를 이루어 냈다.

그러나 모든 것에는 급부가 있었다.

빠른 축기가 가능한 대신 그만큼 위험했다.

한순간의 실수로 불구가 될 수도 있었다.

또한 이 방식은 싸울 때도 사용할 수 있었는데 그렇게 할 경우 육체에 가해지는 부담이 상당했다.

명천이 바로 그 점을 꿰뚫어 보고 경고한 것이다.

'지금의 공력으로 안전하게 축기를 해도 과거보다는 빠르겠지만 문제는 전쟁이 코앞에 다가왔다는 거다.'

언제 또 혈풍사노와 같은 고수를 만날지 몰랐다.

어쩌면 그보다 더한 고수를 만날 수도 있고.

그러니 최악의 상황을 가정해서 대비해야 했다.

'굳이 상대방이 유리한 상황에서 싸울 필요는 없지만 최소한의 준비는 해야겠지.'

명천은 위험하다고 했지만 유하성의 선택은 이미 정해져 있었다.

아무것도 못 하고 죽는 것보다는 뭐라도 하는 게 맞았다.

물론 위험하다는 건 유하성도 충분히 인지하고 있었다.

하지만 다른 방법은 없었다.

'최대한 조심할 수밖에.'

지금까지 잘해 왔다고 해서 앞으로도 그럴 거라고는 생각하지 않았다.

오히려 운용하는 공력이 많아진 만큼 위험도 역시 높아졌다.

그러니 더더욱 긴장하고 조심해야 했다.

자칫 잘못하면 공들여 쌓은 탑이 한순간에 무너질 수 있었다.

'영약을 구할 수 있다면 좋겠지만 영약이나 영초라는 게 구하고 싶다고 해서 구할 수 있는 게 아니니까. 살 돈도 없고.'

백현승은 부자였지만 그는 아니었다.

모아 놓은 돈이 꽤 있기는 하나 영약을 사기에는 턱없이 부족했다.

그래서 유하성은 영약에 대해서는 더 이상 생각하지 않았다.

대신 화탄으로 화두를 돌렸다.

'작지만 강력해. 살상력은 두말할 필요도 없고. 게다가 휴대가 용이하기까지 하지. 물론 아무나 소지할 수는 없지만.'

몇 번밖에 보지 못했기에 아는 것보다는 모르는 게 많았다.

하지만 그래도 핵심적인 것들은 어느 정도 파악이 된 상태였다.

특히 일정 수준 이상의 충격에 반응한다는 게 중요했다.

던지는 것 정도로는 터지지 않는다는 걸 확인했기에 유하성은 그 부분에 집중했다.

'다른 종류의 화탄도 있을 테지만 위력은 차이가 날지 몰라도 폭발하는 방식은 비슷할 거야. 그러니 그에 맞게 대응책을 준비해야 해.'

유하성의 뇌리로 호기롭게 자신에게 도전했던 종표파자의 제자가 떠올랐다.

정확하게는 화탄을 사용하는 장면을.

'만약 잘 받아 낸다면 내가 사용할 수 있지 않을까?'

화탄의 파괴력은 막강했다.

웬만한 수준의 호신강기로는 완벽하게 막아 내기 힘들 정도로 말이다.

하지만 상대할 방법이 없는 건 아니었다.

오직 직선적으로만 날아오기에 방향만 안다면 피하는 건 어렵지 않았다.

물론 폭발 범위에서 빠져나올 수 있느냐는 다른 문제였지만.

게다가 누구나 사용할 수 있는 물건이니만큼 안전하게 받아 낼 수만 있다면 역으로 이용하는 것도 가능했다.

'아니면 허공에서 먼저 폭발시키는 것도 한 가지 방법이고.'

날아오는 방향을 보고 허공에서 정확히 맞히는 건 난이도

가 상당히 높았다.

거기다 맞히는 데 실패한다면 도망칠 시간 역시 날아가기에 신중하게 결정해야 했다.

맞히는 걸 시도할 건인지 아니면 회피할 것인지 말이다.

그리고 던지는 사람의 능력에 따라 화탄이 날아오는 속도도 달라질 터였다.

'하지만 받아 내기만 한다면 강력한 무기가 거저 생기지.'

유하성이 두 눈을 감은 채로 작게 한숨을 내쉬었다.

좋게 생각하면 걱정할 게 없지만 문제는 변수였다.

화탄의 종류가 얼마나 되는지, 그리고 그걸 구분할 수 있는지를 지금은 알 수 없었기에 현재로서는 그저 장밋빛 미래일 뿐이었다.

게다가 강기로 폭발을 완벽히 받아 낼 수 있는지도 아직은 확인할 수 없었다.

'실험할 수 있는 화탄이 몇 개 더 있었으면 좋겠지만 지금은 구할 수가 없으니.'

유하성 정도 되는 고수에게 화탄은 크게 위협이 되지 않았다.

그러나 다른 이들은 달랐다.

일단 절정고수 이하의 무인들에게는 두려울 수밖에 없는 물건이 화탄이었다.

'우선은 지금 내가 할 수 있는 것부터 하자.'

돌고 돌아 유하성은 제자리로 돌아왔다.

결국 가장 중요한 건 본인의 힘이었다.

그렇기에 유하성은 늘 해 왔던 것처럼 운기행공을 했다.

휘익! 휙!

이른 새벽부터 운기조식을 마친 백현승은 연무장으로 나왔다.

그러고는 가전무공을 수련하기 시작했다.

'더 열심히 해야 해.'

백현승이 이를 악물었다.

수련은 예전에도 열심히 했었다.

하지만 지금은 그때와 마음가짐이 완전히 달랐다.

대청표국을 재건해야 한다는 의무를 두 어깨에 짊어지고 있기에 백현승은 잠자는 시간 두 시진을 제외하고는 모든 시간을 무공 수련에 쏟아부었다.

푸르륵.

그런데 그때 익숙한 투레질 소리가 들렸다.

아직 새벽안개가 걷히지도 않은 시간인데 잠도 없는 모양인지 흑풍이 털레털레 연무장 쪽으로 걸어왔다.

"안녕?"

마치 자기 집인 것처럼 너무나 자연스럽게 연무장 쪽으로 다가온 흑풍은 백현승의 인사에도 별다른 반응을 보이지 않았다.

그저 슬쩍 보고는 명견이 만든 작은 텃밭으로 향했다.

하지만 먹고 싶어 하는 표정과 달리 흑풍은 갖가지 작물들을 건들지 않았다.

대신 냄새만 맡았다.

"좋은 아침입니다, 소국주님."

"네. 잘 주무셨어요?"

"저야 어디에서든 잘 자지 않습니까. 근데 아침 일찍부터 흑풍이 왔네요."

"다른 야생마들이랑 같이요."

백현승이 안개 너머를 손가락으로 가리켰다.

그러자 백 장 정도 떨어진 곳에 모여 있는 이십여 마리의 말들이 보였다.

무당산에 온 그 짧은 사이에 무리를 만든 모양이었다.

"확실히 난놈은 난놈입니다."

"그러니까요. 새끼를 낳으면 우리가 키워 볼까요?"

"나쁘지 않은 생각인 것 같습니다."

곽두일이 눈을 빛냈다.

흑풍의 자식이라면 분명 보통 말이 아닐 터였다.

그렇기에 곽두일은 욕심이 생겼다.

"그럼 일단 흑풍에게 잘 보여야겠죠?"

씨익 웃은 백현승이 텃밭으로 다가갔다.

그러고는 잘 자란 당근 하나를 뽑아서 흑풍에게 내밀었다.

푸륵.

"자, 하나 먹어. 하나 정도는 괜찮으니까."

대뜸 당근을 뽑아서 입 근처로 내미는 백현승의 행동에 흑풍이 머리를 흔들었다.

이게 무슨 상황인지 의아한 표정이었다.

하지만 뒤로 물러나지는 않았다.

"애초에 먹으려고 키우는 거야. 너에게 하나 준다고 티도 나지 않아. 어르신께서 요리할 때 필요하면 편하게 쓰라고 하시기도 했고."

백현승이 재차 당근을 내밀었다.

흑풍이 사람의 말을 완전히 이해하지는 못해도 어느 정도는 알아듣는다는 걸 알아서였다.

어떤 때는 정말 깜짝 놀랄 정도로 말귀를 잘 알아듣기에 백현승이 친근한 미소를 지으며 당근을 슬쩍 밀었다.

그러나 이제는 제법 친숙해졌을 텐데도 흑풍은 단호하게 거절했다.

"참 대쪽 같은 아이네요."

"그러니까요. 이제는 어느 정도 친해졌다고 생각했는데."

흑풍이 당근을 꽤나 좋아한다는 건 모두가 알고 있었다.

당장 지금만 하더라도 코를 벌렁거리고 있었으니까.

하지만 그럼에도 흑풍은 백현승이 들고 있는 당근에 입을 대지 않았다.

"일찍 나오셨네요."

"유 소협."

"형님!"

그때 아담한 건물에서 익숙한 목소리가 들렸다.

바로 유하성의 목소리였다.

그리고 흑풍이 곧바로 반응했다.

음성이 들리기가 무섭게 잽싸게 몸을 돌려 다가갔던 것이다.

"녀석."

다른 사람에게는 도도하기 짝이 없는 녀석이 자신에게는 머리를 비비며 온갖 애교를 부리는 모습에 유하성이 실소를 흘렸다.

그러나 헛웃음을 흘리는 것과 달리 흑풍을 쓰다듬는 유하성의 손길은 따뜻했다.

"저도 만져 보고 싶어요."

"시간이 좀 더 지나면 만질 수 있겠지."

"그럴까요?"

백현승이 시무룩한 표정을 지었다.

지금의 상황만 보면 시간이 더 흐른다고 해서 달라질 것 같지 않아서였다.

"진짜 영특한 것 같습니다. 보통은 본능을 억누르기가 쉽지 않을 텐데."

"기다리면 먹을 수 있다는 걸 알고 있는 걸 수도 있고요."

으적.

유하성이 뽑은 실한 당근을 흑풍이 한 입 베어 물었다.

거들떠보지도 않던 백현승과는 달리 유하성이 주는 당근은 냉큼 씹어 먹었다.

너무나 맛있다는 표정으로 말이다.

"가끔은 흑풍을 타시는 게 좋습니다. 유 소협께서도 감을 유지해야 하지만 그건 말도 마찬가지거든요. 특히나 흑풍은 야생마 출신이라 주기적으로 인지시켜 주는 게 좋습니다."

제34장 생각지도 못한 선물

"그리하겠습니다."

말에 대해서는 자신보다 곽두일이 더 전문가였다.

때문에 유하성은 곽두일의 조언을 받아들였다.

말을 타야 할 일이 많지는 않았지만 그래도 감은 유지할 필요가 있었다.

나중에 무슨 일이 벌어질지는 누구도 몰랐으니까.

"하하. 제가 말하지 않아도 어련히 잘 하시겠지만요. 감각도 탁월하시고."

"저보다는 흑풍이 잘 받아들여 준 거죠. 저야 매달린 게 다였으니까."

으적.

음미하듯 천천히 씹어 먹던 흑풍이 남은 당근을 마저 물었다.

이파리까지 통째로 말이다.

"그것도 능력이죠. 처음에 말을 타면 그것도 못 하는 사람이 부지기수입니다."

"흑풍이 영리한 것도 있고요. 참, 무공 수련은 어떻습니까?"

"아직까지 막히는 건 없습니다. 개인적으로 유 소협의 의견이 맞다고 생각하고요. 체력이 걱정되기는 하지만 굳이 무리수를 두는 것보다는 체력을 늘리는 쪽을 생각하고 있습니다. 팔 하나가 없다는 건 달리 말하면 몸이 가볍다는 뜻이기도 하니까요."

유하성이 고개를 주억거렸다.

무당산에 도착하고서 유하성은 백현승의 무공을 봐주면서 곽두일의 좌수검도 함께 연구하고 있었다.

본래 곽두일이 익히고 있는 무공을 좌수검에 맞게 변형했던 것이다.

그러면서 은근슬쩍 수준을 높이고 있었다.

"다행히 아직은 몸이 따라 주고 있습니다. 육체적 전성기는 지났지만 그래도 나름 관리를 잘해서 그런지 체력은 꾸준히 느는 느낌입니다."

"제가 느끼기에도 정말 많이 느셨어요."

"하하하."

백현승의 부연설명에 곽두일이 머쓱하게 웃었다.

사실 매일 토가 나올 정도로 힘들었다.

그러나 죽어 간 이들을 위해 곽두일은 숨이 턱 끝까지 차오를 때마다 이를 악물었다.

대청표국의 재건이라는 목표를 떠올리면서 말이다.

"무언가 이상한 게 있으면 언제라도 말씀해 주세요. 잘못된 길에 들어서는 것보다는 차라리 멈추는 게 낫습니다."

"늘 명심하고 있습니다."

"너도 너무 무리하지 말고. 내가 한 말 기억하고 있지?"

"네. 열심히 하되 절대 무리하지 않는다. 과유불급!"

백현승이 장난스럽게 대답했다.

하지만 두 눈빛은 그 어느 때보다 진지했다.

"거기에 하나 더. 최선을 다한다. 무작정 노력만 해서는 원하는 결과를 얻을 수 없어. 늘 궁리하고 생각해야 해. 지금은 와닿지 않겠지만 언젠가는 내 말을 이해하는 날이 올 거야."

"여어. 아침부터 다들 열의가 장난 아니네."

"왔어?"

유하성의 고개가 내리막길로 향했다.

그러자 아침 공기를 가르며 올라오는 이춘상의 모습이 보였다.

"저 녀석은 친구들도 데려왔네."

피로가 덕지덕지 묻은 얼굴로 이춘상이 입을 열었다.

그런 그의 시선은 멀리서 이쪽을 바라보는 야생마들에게 향해 있었다.

"잘 적응했다는 증거지."

"친구들이라기보다는 부인들이라고 해야 하나. 말 팔자가 상팔자로구만."

"부러워할 것도 많다."

이상한 것을 부러워하는 이춘상의 모습에 유하성이 고개를 절레절레 저었다.

반면에 백현승은 고개를 주억거리고 있었다.

사람으로 치면 부인이 열 명이 넘는 것이었다.

그 정도면 충분히 부러워해도 되었다.

"얘기 좀 하자. 둘이서 조용히."

"그래."

유하성은 순순히 고개를 끄덕였다.

표정을 보아하니 꽤나 중요한 내용일 것 같아서였다.

그래서 유하성은 마지막으로 흑풍의 목덜미를 부드럽게 쓰다듬어 주고는 몸을 돌렸다.

"으아! 살 것 같네."

"밤새운 거냐?"

"응. 확인해야 할 정보들이 산더미처럼 쌓여 있어서."

"근데 여기 있어도 돼? 총타에 가야 하는 거 아냐?"

밤을 새웠다는 말에 유하성이 차가 아니라 꿀물을 준비했다.

차보다는 따뜻한 꿀물이 더 나을 것 같아서였다.

"내가 간다고 달라지는 건 없어. 개방에 사람이 얼마나 많은데. 어? 꿀도 있었어?"

"응. 가끔 단게 먹고 싶을 때가 있으니까."

"좋네."

이춘상이 아주 흡족한 표정을 지었다.

안 그래도 밤을 새우면서 아무것도 못 먹었기에 속이 허하던 차였다.

"그래도 후개가 있는 것과 없는 건 차이가 있을 것 같은데."

"사부님이 안 계신다면 모르겠지만 정정하시니까 괜찮아. 난 지금 나름대로 아주 중요한 임무를 수행 중이기도 하고."

"중요한 임무?"

유하성이 고개를 갸웃거렸다.

요즘 들어 균현을 바삐 왔다 갔다 하긴 하지만 딱 그뿐이었다.

딱히 임무라고 할 법한 일을 하지는 않았다.

"죽어라 수련하고 있잖아. 후개가 강해질수록 개방의 미래도 탄탄해지는 거니까. 겸사겸사 너의 기량도 올리고.”

“네가 날?”

“물론이지. 호적수가 있다는 게 얼마나 큰 축복인데. 우린 서로에게 축복을 주는 존재인 거지.”

“본론이나 꺼내.”

어처구니없는 말에 유하성이 고개를 절레절레 저었다.

그러나 이춘상은 부끄럽지도 않은지 당당했다.

“이 몸 정도면 너의 호적수가 되기에 충분하지. 심지어 나이도 동갑인데. 이건 운명이야!”

“한숨 자고 와라.”

점점 더 실없는 말만 내뱉는 모습에 유하성이 금방이라도 자리에서 일어날 것처럼 몸을 들썩였다.

그 모습에 이춘상이 입맛을 다시며 손을 휘저었다.

“농담도 못 하냐. 원래 급할수록 돌아가라는 말도 있는데.”

“급한 것보다는 상황이 점차 악화될 수밖에 없으니까 그러지.”

“무당파뿐만 아니라 다른 무문들과 명문세가의 정보조직이 바삐 움직이는 중이기는 하지. 너무 갑작스럽게 벌어진 일이니까.”

“알아낸 건 있고?”

“공짜로?”

이춘상이 꿀물을 홀짝이며 장난스럽게 웃었다.

마치 무언가를 알아냈다는 듯이 말이다.

하지만 유하성은 그보다 더 고단수였다.

"말해 주기 싫으면 말고."

"재미없는 녀석. 삶의 목적이 수련밖에 없지?"

"무림인으로서 무언가를 지키기 위해서는 강해져야 하니까."

"도대체 얼마나 더?"

이춘상이 질린 표정을 지었다.

이미 후기지수 중에서는 유하성과 비교할 수 있는 이가 없었다.

그나마 자신 정도만 가까스로 비벼 볼 수 있었다.

게다가 후기지수 중 정점이라 불렸던 구룡 중 여섯이 폐인이 되거나 죽었기에 더더욱 비교할 대상이 없었다.

"일단 천하십대고수. 그다음은……."

꿀꺽!

이춘상이 저도 모르게 마른침을 삼켰다.

끝까지 말을 하지 않았으나 그 내용을 충분히 짐작할 수 있어서였다.

더불어 유하성의 말이 허튼소리로 들리지 않았다.

'……어쩌면 사존에 근접해 있을지도.'

자신만이 유일하게 유하성에게 비벼 볼 수 있는 후기지수라고 생각했지만 현실은 달랐다.

유하성과의 격차는 아직도 엄청나게 컸다.

그렇기에 이춘상은 천하십대고수들 중 말석이라 할 수 있는 사존에는 유하성이 어찌어찌 비벼 볼 수 있지 않을까 하는 생각이 들었다.

복주에서 본 혈풍사노의 협공이라면 사존이라고 해도 쉽게 물리치기 힘들 터였다.

"근데 그건 너도 마찬가지 아냐?"

"그렇지. 사내대장부로 태어나 꿈은 크게 가져야지. 야망 없는 남자는 더 이상 남자가 아니니까."

"아빠가 될 수 없으니 남자라도 되어야지."

"……말이 왜 그리로 가?"

이춘상의 얼굴이 일그러졌다.

어떤 의미로 저런 말을 하는지 너무나 잘 알아서였다.

자기 한 몸 건사하기 힘든 게 거지이기에 혼인은 할 수가 없었다.

물론 아예 방법이 없는 건 아니었다.

개방의 무공을 전부 포기하면, 개방도라는 신분을 벗어던지면 결혼은 가능했다.

다만 무인에게 있어 무공을 포기하라는 건 죽으라는 말과도 같았다.

"포기하지 말라는 거지. 내 호적수라고 말하고 다닐 거면.”

“응원하는 거냐?”

“글쎄.”

유하성이 묘한 미소를 머금었다.

긍정도 부정도 하지 않았던 것이다.

그래서 이춘상은 그냥 좋게 생각하기로 했다.

“어차피 너나 나는 같이 싸워야 하니까 말해 주마. 이미 대부분 알려진 사실이기도 하고.”

“그런데 그렇게 튕긴 거였어?”

“튕기다니. 그만큼 가치가 있다는 걸 표현한 거지. 우선 장강수로채, 황하수로채, 동정수로채가 하나로 힘을 합쳤어. 그래서 십천 중 하나가 되었고. 수장은 장강수로채의 총채주야. 여기는 세 개의 수로채가 연합한 만큼 부천주라는 직위가 있는데 예상했다시피 황하수로채주와 동정수로채주가 각각 부천주로 있어.”

“숫자가 어마어마하겠군.”

유하성의 얼굴이 굳어졌다.

문파 간의 전쟁에 있어 숫자는 국가 간의 전쟁보다 큰 영향력을 끼치진 못했다.

고수는 일당백을 넘어 일당천, 일당만의 힘을 보여 주었기 때문이다.

하지만 그렇다고 해서 완전히 무시할 수는 없었다.

"너도 역시 꿰뚫어 봤구나."

"구 할이 하류무사들이겠지만 중요한 건 무너뜨린 문파들의 무공을 전부 다 공개한다는 거지."

"맞아. 즉 엄청난 숫자가 동시에 강해진다는 뜻이야. 물론 아무리 뛰어난 무공을 습득해도 단기간에 강해지는 건 힘들지만 그 숫자가 어마어마하다면 얘기가 달라지지. 그리고 낮은 수준일수록 성장세도 빠르니까."

이춘상이 걱정하는 부분이 바로 이것이었다.

드러나지 않은 십천의 힘도 현재 상당한데 앞으로 더 강해질 여지가 있었다.

그렇기에 이춘상으로서는 우려가 될 수밖에 없었다.

이미 형산파가 무너졌고 몇몇 명문세가도 풍전등화의 상황이었다.

"거기다 수로는 앞으로 사용하기 힘들겠네."

"물길을 가장 잘 아는 녀석들이 수적들이니까. 하지만 반대로 말하면 각개격파가 가능하단 뜻이기도 한데 문제는 꼭꼭 숨어 있으면 찾기가 힘들다는 거지."

"암만 봐도 오랜 시간 동안 준비한 것 같단 말이지."

"내 생각도. 번천회의 핵심은 십천이지만 그중에서도 핵심은 따로 있을 거야. 아마도 지금 드러나지 않은 곳들이 핵심 중의 핵심이겠지."

"현재 확실하게 드러난 곳은 총 다섯 곳인가."

유하성의 눈빛이 침중해졌다.

적들의 세력은 강성해지는데 정작 중요한 정보는 여전히 밝혀지지 않았다.

그것도 인원으로는 가장 많은 방도를 가지고 있는 개방이 전력을 다해 조사하고 있음에도 말이다.

"무당파에서 알아낸 건 없어?"

"호북성이라면 모를까 다른 성의 상황에 대해 파악하는 건 아무래도 어렵지. 무당파의 영향력은 호북성에 집중되어 있으니까."

"금와장이나 제갈세가에서 알려 준 건 뭐 없고?"

유하성이 틈틈이 제갈령령, 황주연과 서신을 주고받는다는 걸 이춘상은 알고 있었다.

정확하게는 두 여인이 은근슬쩍 유하성에게 정보를 주는 것이었지만.

그중 금와장은 중원에서 개방에 비견될 만한 정보력을 가지고 있는 곳이었기에 이춘상이 은근히 기대하는 표정을 지었다.

"확실한 건 아니고 한 곳을 의심하더라고."

"어디를?"

"갑자기 나타났을 뿐만 아니라 호남성 장사에 거대한 규모의 총단을 짓고 있지. 게다가 사람도 엄청나게 모이고 있고. 근데도 공사가 척척 진행되고 있단 말이지. 조금의 군말도 없이. 이 자금이 어디서 나왔을까?"

"흠."

유하성이 작게 고개를 끄덕였다.

말을 들어 보니 확실히 수상했다.

한두 푼도 아니고 저 정도 규모로 공사를 진행하려면 어마어마한 자금이 필요했다.

막말로 지금의 무당파라도 저 정도의 자금은 없었다.

"그래서 흑점(黑店)을 의심하고 있어."

"흑점?"

"응. 온갖 악인들이 모여 있는 세력이야. 과거에는 작은 세력이었는데 지금은 암상(暗商)이라고도 불려. 팔 수 있는 건 뭐든 파는 녀석들이야. 사람은 물론이고 신체 부위도. 구매자가 원하는 건 뭐든지 다 파는 녀석들이지. 그리고 비밀리에 거래가 이루어지는 만큼 규모도 꽤 크고. 어쩌면 금와장보다 굴리는 돈이 더 클 수도 있어."

"그 말은 번천회를 충분히 감당할 수 있다는 뜻이기도 하네."

"맞아."

이춘상이 의심하는 부분이 바로 그것이었다.

물론 십천이라 불리는 열 개의 세력이 십시일반으로 총단을 짓고 있는 것일 수도 있었다.

하지만 그렇다고 하기에는 벽력문 자체에 들어가는 자금

이 상당할뿐더러 기하급수적으로 늘어나는 인원을 감당하는 게 말이 안 되었다.

처음부터 이런 사태를 예상하고 준비했다면 모르겠지만 이춘상이 보기에는 그럴 가능성이 희박했다.

'준비는 했겠지. 하지만 이렇게 완벽하게 준비하는 건 불가능해. 그렇다면 여유 자금이 많다는 뜻이겠지.'

철기방의 근본이 야장들의 연합이고 녹림십팔채나 수로채들이 가지고 있는 재산들이 꽤 많을 수도 있지만 그럼에도 의심이 들 수밖에 없었다.

"흑점이라……. 생각지도 못한 곳이네. 근데 그곳은 세력은 클지 몰라도 무력은 부족하지 않나? 온갖 군상이 모였다고 강자들이 많을 것 같지는 않은데."

"그래서 자금을 대지 않을까 싶은 거야. 흑점이 어느 정도의 자금을 굴리는지는 아무도 모르니까. 더불어 하오문도 의심하고 있어. 우리, 금와장과 함께 천하에서 가장 정보력이 뛰어난 곳이니까. 동시에 정도무림에 불만이 많은 곳이기도 하고."

"억압을 많이 했지. 괴롭히기도 많이 괴롭히고."

"우린 아냐. 하오문이나 거지나 거기서 거기지. 다만 다른 점은 그래서 개방은 딱히 핍박하지 않았다는 것 정도."

이춘상이 씁쓸하게 말했다.

갖은 정보를 다 열람할 수 있는 만큼 몇몇 곳들이 하오문을 어떻게 대했는지 그는 잘 알고 있었다.

그렇기에 하오문은 충분히 정도무림에 원한을 가질 수 있었다.

번천회의 이념과도 일맥상통했고.

"그래도 아직 밝혀지지 않은 곳이 세 곳이나 있네."

"문제는 번천회만이 아니라는 거지. 새외무림도 신경 써야 하니까."

역사적으로 백도무림은 늘 중원을 지켜 왔다.

새외무림의 침공이 있을 때마다 무림맹을 창설해서 말이다.

그리고 그 시작은 언제나 지금과 같았다.

중원무림의 전쟁으로 힘이 약해진 순간을 새외무림이 노렸었기에 이춘상은 한숨을 쉬었다.

"우선은 당면한 전쟁부터 생각하자고. 일단 이겨야 나중도 생각할 수 있으니까. 반대로 번천회 역시 이긴 다음을 생각하겠지."

"글쎄다. 그다음까지 생각하는 세력이 있을지 모르겠네. 녹림십팔채나 수로채들이나."

이춘상은 회의적인 표정을 지었다.

내일이 아닌 오늘을 살아가는 이들이 산적과 수적 들이었기에 새외무림에 신경 쓸 것 같지는 않았다.

"안 그래도 물어보려고 했는데. 녹림십팔채의 반응은 어때? 총표파자의 제자가 이쪽에 있는데."

"정확하게는 움직임을 말하는 거지?"

"응. 아무래도 내가 있는 곳을 찾아올 가능성이 가장 크니까. 혈풍사노의 무위를 생각하면 녹림십팔채에서 상당히 중요한 전력일 테고. 일단 제자의 생사가 궁금할 거 아냐."

현재 총표파자의 제자는 살아 있었다.

혹시 모를 사태에 대비해 개방 쪽에서 데려간 상태였다.

하지만 혈풍사노는 전부 죽었다.

"장사에 있는 것으로 파악되었고, 아직까지는 별다른 움직임은 없어. 녹림십팔채 말고도 다른 산적들이 빠르게 모여들고 있긴 한데 수상한 움직임은 보이지 않아."

"의외네."

"생각했던 것보다 중요하지 않은 인물일 수도 있고. 제자가 꼭 한 명만 있으란 법은 없으니까."

"그 정도 수준의 제자가 여러 명이라면 좋지 않은 소식인데."

"현재로서는 가정이니까. 그리고 그 정도면 너나 나에게는 위협도 안 돼."

이춘상이 자신만만하게 말했다.

혈풍사노급이라면 모를까 청년은 그 선에서 해결이 되었다.

"다른 이들에게는 충분히 위협적이다."

"그건 인정. 구룡보다는 확실히 강하니까. 근데 진짜 궁금하단 말이지. 비밀리에 그런 애들을 어떻게 키웠을까?"

"그만큼 오랜 시간 동안 준비했다는 뜻이겠지. 원한 또한 어마어마하게 깊고. 보통의 한으로는 이렇게까지 못하지."

"바로 그걸 알아야 하는데 말이지. 번천회의 등장을 기회로 여기는 녀석들이 있으니."

이춘상이 불만스러운 얼굴로 혀를 찼다.

아무리 명성이 좋다지만 너무 천지분간을 못 하는 것 같았다.

"위기는 동시에 기회이기도 하니까. 단, 준비를 철저히 했다는 전제하에."

"문제는 준비도 안 한 것들이 나댄다는 거지."

"그건 어쩔 수 없지. 네가 말린다고 듣겠어? 또 외부인이 말하기에는 좀 민감한 문제이기도 하고."

"어쨌든 개판이야."

"새로 들어오는 정보가 있으면 알려 줘. 나도 말해 줄 테니까."

이춘상의 투덜거림을 들으며 유하성이 말했다.

아직까지 큰 전투는 없었으나 모두가 알고 있었다.

지금이 폭풍 전의 고요라는 걸 말이다.

그러니 지금의 이 시간을 더욱 잘 활용해야 했다.

모두가 잠든 야심한 시각에도 유하성은 깨어 있었다.

평소에 늦게 자는 그이기에 오늘도 어김없이 과거에 치렀던 싸움을 복기하고 있었다.

특히 유하성은 혈풍사노와의 격전을 몇백, 몇천 번이나 복기했다.

혈풍사노의 수준 높은 협공은 처음이었기에 반복해서 곱씹을 만한 가치가 있었다.

'깨달음이라는 게 간절히 원한다고 찾아오지 않으니까.'

소설이라면 불현듯 찾아온 깨달음으로 인해 순식간에 강해지겠지만 현실은 달랐다.

그리고 몇 단계를 건너뛰는 깨달음은 없었다.

무공과 마찬가지로 깨달음 역시 순차적으로 얻는 법이었다.

괜히 준비된 자에게 찾아온다는 말이 있는 게 아니었다.

'그러니 내가 할 수 있는 걸 해야 한다.'

부족함을 알았다면 그걸 메울 방법을 찾아야 했다.

그리고 그 방법을 유하성은 나름대로 찾은 상태였다.

가용할 수 있는 공력이 한정적이라면 최대한의 효율을 넘어 꼭 필요한 만큼만 쓰면 되었다.

더불어 정면 승부를 피하고 상대보다 많이 움직이는 것도 한 가지 방법이었다.

'혈풍사노와 같이 협공을 받는 경우 체력 소모가 극심하겠지만 한 가지 대안인 건 확실하니까.'

지금도 체력적으로는 누구에게도 밀리지 않지만 아직 발전할 여지가 있었다.

무공과 달리 노력하면 조금씩 느는 게 체력이기도 했고.

다만 문제는 혈풍사노 정도 되는 무인들이 넷 이상일 때였다.

가정이긴 하지만 만약 그런 상황이라면 천하의 유하성도 난감했다.

'그땐 물러나는 게 맞지만 나 혼자 몸을 뺄 수 없는 상황이 생길 수도 있으니까.'

혈풍사노에게 밀린 건 무위도 무위지만 일노가 지니고 있는 화탄 때문이었다.

언제든지 백현승과 곽두일, 원상과 원호에게 던질 수 있는 상황이었기에 유하성으로서는 경로를 막아설 수밖에 없었다.

그렇기에 회피보다는 막기 위주로 상대했고, 그 결과가 수세에 몰리는 것이었다.

더불어 자신에게 날아올 수도 있다는 심리적 압박감도 있었고.

'그런 상황 자체를 막으려면 압도적인 실력이 필요해.'

유하성의 뇌리로 두 사람이 떠올랐다.

바로 명천과 남궁수였다.

실제로 명천은 천하십대고수다운 면모를 직접 보여 주기도 했다.

똑똑똑.

수천 번 복기했음에도 또다시 복기하는 유하성의 귓전으로 문을 두드리는 소리가 들렸다.

기척도 없이 대뜸 누군가가 문을 두드렸던 것이다.

"나다, 하성아."

"들어오시죠."

끼이익.

세월이 느껴지는 낡은 경첩 소리와 함께 은은하게 방을 밝히는 호롱불이 방문자의 얼굴을 비추었다.

그런데 놀랍게도 유하성이 방금 전까지 생각한 명천이었다.

"안 잘 것이라 예상하긴 했다만 역시나 안 자고 있었구나."

"이 시간에 어인 일이십니까?"

"너와 단둘이서 조용히 할 말이 있어서 말이다. 근데 잠을 자긴 하느냐?"

명천이 자연스럽게 의자 하나를 끌어와 유하성의 앞에 놓고는 앉았다.

그러면서 진지한 얼굴로 물었다.

"잡니다. 두 시진 정도는 꼭 자 줍니다."

"진짜 최소한의 수면만 취하는구나."

예상했던 대답이라서 그런지 명천은 놀라지 않았다.

내심 짐작하고 있어서였다.

그리고 그렇게까지 잠을 줄인 이유도 명천은 짐작이 갔다.

"예. 그보다 무엇입니까? 단둘이서 조용히 나눌 대화라는 게."

"그래. 정확하게는 줄 게 있어서."

스윽.

야심한 밤이라서 그럴까.

평소보다 더 차분한 신색으로 명천이 품속에 손을 집어넣었다.

잠시 후 작은 목함이 명천의 손에 올라와 있었다.

"무엇입니까?"

"열어 봐."

명천이 받으라는 듯이 눈짓했다.

그 행동에 유하성이 얼굴 가득 의아한 표정을 지으며 명천의 손바닥 위에 있던 목함을 받아 들었다.

그러고는 천천히 뚜껑을 열었다.

"으음!"

뚜껑이 열리는 것과 동시에 그윽하고 깊은 향이 방 안을 가득 채웠다.

폐부를 맑게 만들어 주다 못해 정화하는 듯한 향기에 유하성은 순간적으로 넋을 잃고 말았다.

그 정도로 목함에서 흘러나오는 향은 경이적이었다.

하지만 유하성은 이내 정신을 차렸다.

"향이 끝내주지?"

"이건 혹시, 태청단 아닙니까?"

살짝 열었던 목함의 뚜껑을 황급히 닫으며 유하성이 물었다.

그런데 꽤나 놀란 모양인지 목소리가 상당히 컸다.

웬만해서는 목소리가 커지지 않는 게 유하성이었는데 말이다.

"처음 보는데도 바로 알아보는구나."

반면에 명천의 표정은 태연했다.

무당파의 보물을 꺼내 놓고도 아무렇지 않은 듯이 말이다.

유하성은 그게 이해가 되지 않았다.

"이런 향기와 기운을 가질 만한 단약은 태청단밖에 없지 않습니까."

"그렇지. 그나마 비견될 만한 게 소림의 대환단이니까. 가히 영단이라고 해도 과언이 아니지. 대환단에 비견되는 걸 만들 수 있는 건 우리 무당뿐이기도 하고. 화산도, 곤륜도 연단 쪽으로는 우리보다 아래지. 암."

명천이 거들먹거리듯이 말했다.

그러나 중요한 건 그게 아니었다.

"태청단이 왜 여기 있는 겁니까?"

"왜 여기 있긴. 정확하게는 너한테 있지. 내가 너한테 주었으니까."

명천이 친절하게 손짓을 하며 설명했다.

하지만 유하성을 납득시키기에는 부족했다.

"……저에게 말입니까?"

"그래. 현재 너에게 가장 부족한 게 뭐지?"

"내공입니다."

"그 부족한 내공을 채워 줄 수 있는 게 바로 태청단이다. 얼마나 소화하느냐에 따라 결과가 달라지지만 누구보다 섬세하게 진기 운용을 할 수 있는 너라면 태청단의 기운을 온전히 흡수할 수 있겠지. 그럼 지금보다 최소 일 갑자는 증가할 거다. 그 이상일 수도 있고. 어쩌면 무당파의 역사에 새로운 기록을 남길 수도 있겠지."

명천의 두 눈이 반짝거렸다.

그 정도로 그는 기대하고 있었다.

능력 없는 자가 먹으면 반 갑자도 채 늘지 않겠지만 유하성은 달랐다.

지금껏 보아 온 누구보다 내공 운용이 섬세했기에 명천은 일 갑자 이상의 공력 증진이 있을 수도 있다고 생각했다.

"지금 그게 중요한 게 아니지 않습니까?"

"쯧쯧! 참 답답해. 그냥 주면 감사합니다, 하고 받으면 될 것을. 그리 깐깐해서야."

"태청단은 일 년에 하나도 만들기 힘든 영단으로 알고 있습니다."

"맞아. 재료를 다 모으기도 힘들지만 정성을 들인다고 해서 늘 성공하지는 않으니까. 하지만 운이 좋으면 일 년에 두세 개를 만들기도 해."

연단에 대해서는 명천도 자세히 몰랐다.

다만 어떤 식으로 만드는지는 잘 알았다.

"그렇게나 대단한 게 이 태청단이지 않습니까."

"장문인이 되면 말이다. 태청단 하나가 주어진다. 개인적으로 사용할 수 있도록 말이지. 심각한 내상이나 부상을 입었을 때 자신이 사용하거나, 혹은 주변 사람에게 사용하기도 한다. 혹은 아예 사용하지 않기도 하고."

나지막하게 이어지는 명천의 말에 유하성이 입을 다물었다.

손에 들린 이 태청단이 어떤 태청단인지 알 수 있어서였다.

"그럼 더더욱 아껴 두어야 하지 않습니까? 번천회와의 전쟁이 코앞에 다가왔는데."

"그러니까 써야지. 널 잃을 수는 없으니까. 태청단은 여유가 있지만 너는 하나뿐이지 않더냐."

"……."

다음 권으로 이어집니다